Corina Burkhardt

FLUSSAUFWÄRTS MIT DIR

CW00868070

Corina Burkhardt

Flussaufwärts mit dir

Liebesroman

Lektorat: Dorothea Kenneweg

Korrektorat: Ruth Pöß, Das kleine Korrektorat

Umschlaggestaltung: © Juliane Schneeweiss,
www.juliane-schneeweiss.com

Bildmaterial: © Depositphotos.com, Shutterstock.com

Website: www.corina-burkhardt.ch

Facebook

© 2019 Corina Burkhardt

Herstellung und Verlag: BoD – Books on Demand,
Norderstedt

ISBN 978-3-74604-989-2

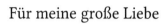

Für meine große Liebe

1

Wieso zum Kuckuck hatte ich mich nur dazu überreden lassen?

Dabei hätte ich viel Sinnvolleres tun können, als mit Irina feiern zu gehen. Ich hätte mich zum Beispiel über den Kübel Schokoeis in meinem Gefrierschrank hermachen können oder mich einfach nur ins Bett legen und warten, bis Montagmorgen ist. Ja, so hatte ich mir das vorgestellt. So ganz ohne Trara das Wochenende überstehen. Wäre da nicht meine beste Freundin gewesen! Sie dachte, mich aus der Wohnung zu zerren, sei eine gute Idee. Irina war der Meinung, es wäre an der Zeit, wieder unter Leute zu gehen. Mich zu amüsieren. War das zu fassen? Wie sollte ich mich bitte amüsieren nach der schwierigen Trennung von Ron? Sollte es nach so etwas nicht so eine Art Schonfrist geben? Eine Art »Nachresignationszeit«? Ihrem Gesichtsausdruck nach zu urteilen, wurde so eine Auszeit überbewertet, und es gab sogar einen kleinen Funken in mir, der ihr das glauben wollte.

»Du siehst so unglaublich heiß aus. Ich meine, hast du dich mal angeschaut?« Irina hüpfte in ihren Ballerinas neben mir her. »Wäre ich ein Typ, oh … du wärst sowas von genau mein Fall.«

»Jaja, beruhige dich mal«, murmelte ich, mit den Augen rollend.

Sie sprang vor mich, trottete rückwärts und zog ihre Mundwinkel mit den Fingerspitzen nach unten. »Hallo Welt, ich heiße Lola, und ich bin so traurig.«

Schmunzelnd packte ich ihre Unterarme. »Du bist sowas von albern, jetzt hör auf damit.«

Vor dem Schaufenster eines Modehauses stoppte sie so ruckartig, dass ich gegen sie lief und – mit einem Rums – in ihren Armen lag. »Irina!«

Sie packte meine Hand und drehte mich zur Scheibe. Dank der Straßenbeleuchtung konnte ich unsere Spiegelbilder darin erkennen. Sie schubste mich leicht in die Richtung des Glases.

»Du mit deinen Rehaugen, der Stupsnase und diesem sexy Hintern«; ihre Hand landete mit einem Klaps auf meinem Po. »Jetzt sieh dich mal an, du machst alles kaputt mit diesem Trauerkloßgesicht. Außerdem hast du lange genug Trübsal geblasen – die düstere Zeit ist vorbei, Lolita, jetzt wird gefeiert!« Die letzten Worte quiekte sie ihrem Spiegelbild entgegen, während sie tänzelnd mit ihren Schultern wackelte.

Mein Blick fuhr an meiner Silhouette entlang nach oben und verharrte bei meinem Mund. Unglaublich, es gab tatsächlich einen Lippenstift mit dem Namen *Lady Danger*, und noch unglaublicher, dass ich es zuließ, als sie ihn mir auf die Lippen schmierte.

Gespielt zog ich die Mundwinkel nach oben und sah zu ihr rüber. »Gut so?«

Sie gab einen Jauchzer von sich: »Viel besser.«

Wir liefen in der Mitte der Einkaufsstraße, vorbei an beleuchteten Schaufenstern und blinkenden Werbetafeln. Aufgetakelte Frauen stolzierten an uns vorbei. Die jungen Typen, die sie passierten, drehten sich um und pfiffen durch ihre Finger. Musik aller Stilrichtungen bahnte sich den Weg aus den Cafés auf die Straße, und der warme Sommerwind strich zart über meine Haut.

»Der Club wird dir gefallen.«

Ich zog die Augenbrauen hoch und nickte ihr zu.

»Wie sehe ich aus?« Sie tänzelte hibbelig von einem Fuß auf den anderen.

»Keine Sorge, du siehst toll aus.«

»Er ist so attraktiv, weißt du?«

»Bist du doch auch«, entgegnete ich schmunzelnd.

Im Laufen legte sie mir ihren Arm um meine Schultern. »Darum habe ich dich so lieb.« Dann drückte sie mir einen Kuss auf die Wange.

Die Musik dröhnte in so ohrenbetäubender Lautstärke, dass der Beat sich bis auf meine Knochen durchbohrte. Den miefigen Schweißgestank versuchte ich, so gut es ging, auszublenden. Wie hatte es diese Absteige nur an die Spitze der In-Clubs von Baden geschafft?

Wir quetschten uns durch die tanzwütige Masse und ergatterten einen Tisch in der hinteren Ecke.

Zufrieden setzte ich mich auf den wackelnden Stuhl und beobachtete die Leute. Ganz schön praktisch, denn von hier aus konnte ich den gesamten Raum überblicken.

Irina zeigte mit dem Finger auf den Tresen, der sich auf der anderen Seite des Raumes befand. Durch die Unmengen an Gestalten konnte ich nur Bruchstücke davon erkennen.

»Was?«, schrie ich sie an.

»Willst du was?«

»Wasser.«

»Wer will denn Wasser?«

Ich zeigte auf mich.

»Komm schon, Lolita, du weißt doch ..., etwas Spaß.«

»Was?«

»Spaß!«

»Dann bring doch, was du willst.« Ich wedelte gleichgültig mit der Hand, als sie mir herausfordernd zuzwinkerte. Mit erhobenen Armen verschwand sie in der Masse.

Hinter dem Mischpult stand der DJ mit halb aufgesetzten Kopfhörern. Es schien, als ob er in seinen Bewegungen mit der Musik verschmelzen würde.

Ich versuchte mich zu erinnern, wie lange ich schon nicht mehr in einem solchen Club gewesen war. Es musste Jahre her sein.

Während ich mich am Tisch festklammerte, erkämpfte sich Irina, mit zwei vollen Gläsern, einen Weg durch die Menge bis zu mir.

»Was ist da drin?«

»Verstehe dich nicht«, formten ihre Lippen, obwohl ich wusste, dass sie es doch tat.

»Was ist da drin?«, wiederholte ich energischer, bekam jedoch keine Antwort.

»Wuhu... – da ist er ja.« Sie knallte die Gläser auf den Tisch und stürmte in Richtung Eingang davon. Ein großer blonder Typ schlang seine tätowierten Arme um sie. Mit einem Ruck hob er meine Freundin vom Boden hoch und wirbelte sie durch die Luft. Das musste also dieser Tom sein. Entschlossen packte er Irina am Arm und führte sie zur Bar.

Ein Kind von Traurigkeit war sie ja nicht gerade. Ganz im Gegenteil. Wenn es sowas wie menschliche Tornados gab, musste sie einer davon sein.

Ich sah sie noch immer vor mir, wie sie in der Schmuckabteilung des Modehauses die kleinen glänzenden Ohrringe in die beige Tasche steckte. Um eine Millisekunde verpasste ich es wegzusehen. Sie hatte mich erblickt. Ihre Miene verzog sich zu einem schelmischen Grinsen. Obwohl alles in mir schrie, mich sofort aus dem Staub zu machen, hielten mich ihre eisblauen Augen gefangen. Sie wusste, dass ich es wusste. Die Frage war nur, wie ich damit umging. Erst das laute Schreien der zierlichen Kassiererin riss mich aus der Starre: »Diebe!«

Hatte ich richtig gesehen? Zeigte sie auf mich? Ich meine, sie zeigte auf sie – und dann auf mich.

»Lauf!«, schrie das blonde Mädchen. Sie drehte sich auf der Stelle herum und stürmte mitten durch die Gänge. Prustend rannte ich ihr hinterher. Wie in einem Parcours liefen wir im Zickzack um alles und jeden, der uns im Weg stand. Mit einem Knall schlug sie die Ausgangstür an die gläserne Front. Das gesamte Gebilde wackelte, als ich durch sie hindurch auf den Vorplatz stürmte.

Keuchend stützte ich mich auf den Oberschenkeln ab und sah zu Boden. Sie packte meinen Arm. »Komm schon, die sind direkt hinter uns.«

Meine Lungen brannten, als sie mich um die nächste Ecke in einen Innenhof zog. Ihre Hand drückte sanft gegen meinen Bauch, sodass ich die kühle Wand am Rücken spüren konnte.

»Wieso tust du ...«

»...ssst.« Ihre Finger drückten gegen meine Lippen. Vorsichtig sah sie um die Hauswand, bevor sie sich mit mondgroßen Pupillen zu mir drehte und laut auflachte. »Verdammt, war das nicht irre?«

»Du bist irre«, schnauzte ich sie an.

»Ach komm, es hat dir doch auch Spaß gemacht!«

Ich legte meine Hand auf die Stirn und atmete tief. »Du bist wirklich verrückt.«

»Ich bin Irina.« Grinsend streckte sie mir ihre Hand entgegen.

»Lola. Und tu sowas nie wieder.«

Sachte nippte ich an dem Glas, in dem sich eine Mischung aus Hochprozentigem befand. Die Flüssigkeit brannte mir die Kehle entlang und hinterließ ein loderndes Feuer in meinem Magen. Mein Blick schweifte erneut zum Mischpult, um das jetzt drei Typen standen. Den Sakkos und Krawatten nach zu urteilen, waren sie ebenfalls nicht oft in Bars wie dieser unterwegs. Sie unterhielten sich, lachten und boxten dem größten der dreien immer mal wieder leicht gegen die Brust. Der grinste wie ein Model aus einer Zahnpastawerbung, breitete seine Arme aus und zog die Schultern nach oben. Es sah aus, als ob sie ihn bei irgendwas ertappt hätten, worauf er stolz war. Der Mittlere lachte und klatschte sich auf den Oberschenkel, während er sich in meine Richtung drehte. Für einen Augenblick sah ich in seine Augen. Die krausen, rostbraunen Haare passten zu seinem leicht rötlichen Typ, standen aber im Kontrast zu seinen sanften Gesichtszügen. Er wirkte selbstsicher, so als würde ihm der Club hier gehören. Zugegeben – er sah gut aus. Mein Blick verharrte bei ihm. Ich beobachtete seine Bewegungen und vergaß mich im Moment.

Wie aus dem Nichts kommend, versperrte mir plötzlich jemand die Sicht. Ich sah an der schlaksigen Figur hinauf, bis ich in seinem Gesicht landete. Die zerzausten Haare hingen ihm wie Fäden ins Gesicht.

»Wen beobachtest du da?«

Jeder Muskel in meinem Körper verspannte sich. »Was tust du denn hier?«

»Ich habe dich gesucht«, keuchte er mit glänzenden Augen.

Ein Schauer lief über meinen Rücken. »Lass mich in Ruhe, Ron!«

»Ich möchte doch nur mit dir reden.«

Wie viele Male hatte ich ihm diese Masche abgekauft? Darüber durfte ich nicht mehr nachdenken. Gut, es hatte seine Zeit gebraucht, bis es zum großen Knall gekommen war. Es mussten zuerst Monate vergehen, in denen ich ihn gedrängt hatte, sich Hilfe zu suchen. Monate, in denen ich seine Alkoholeskapaden hatte ertragen müssen. Innerlich hatte ich ihn gefühlte tausendmal verlassen. Doch jetzt gab es nichts mehr, was er noch hätte sagen können. Seine Worte hatten keine Bedeutung mehr. Es musste Schluss sein – und dieses Mal für immer.

Bevor er noch ein Wort sagen konnte, rauschte ich an ihm vorbei. Rücksichtslos presste ich mich durch die tanzenden Massen, riss die Tür auf und stürmte hinaus. Nach Luft schnappend lehnte ich mich gegen die graffitiverwüstete Wand der Unterführung.

Ein miefiger Gestank aus Urin und Pot lag in der Luft. Der warme Windstoß trocknete den Schweiß in meinem Nacken. Ich ließ mich auf die Knie fallen und stützte meine Hände auf die Oberschenkel. An der gegenüberliegenden Wand stand in einem grellen Grün »Let it be«.

Wie passend. Als ob diese Worte jemand für mich dahin gesprayt hätte. Das mit Ron musste vorbei sein. Außerdem waren seit der Trennung erst zwei Wochen vergangen. Was war nur in ihn gefahren? Verfolgte er mich etwa? Der Gedanke daran stellte mir die Nackenhaare auf. Trotzdem musste ich da noch mal rein, wenn auch nur, um meine Tasche zu holen.

Alles in mir sträubte sich dagegen, ihm noch einmal begegnen zu müssen.

Durch die dunkle Scheibe schaute ich ins Innere des Clubs. Das Gewusel machte es unmöglich, einzelne Gesichter zu erkennen. Selbst mit zusammengekniffenen Augen sah ich nur dunkle Gestalten. Ich holte einmal tief Luft, drückte die Türklinke runter und steuerte mit schnellen Schritten die hintere Ecke an. Im Augenwinkel sah ich noch, wie Irina wild mit den Armen fuchtelte, bevor sich etwas Kantiges in meinen seitlichen Bauch rammte. Glas flog durch die Luft und klirrte, als es auf dem Boden aufschlug.

Ein Schrei entfloh meiner Kehle. Mit den Händen vor dem Gesicht duckte ich mich. Beim Versuch, mich zu schützen, griffen zwei kräftige Hände nach meinen Armen. Unsanft wurde ich wieder auf die Beine gestellt. Hätte mich der Unbekannte nicht festgehalten, wäre ich auf der Stelle zusammengeklappt.

»Ist alles in Ordnung?«, fragte er, mit einer angenehm tiefen Stimme.

Meine Beine zitterten unkontrolliert. Ich brauchte noch einige Atemzüge, bis ich ihn erkannte. Der Typ mit den rostbraunen Haaren schaute mich besorgt an. Durch den Druck seiner Hände staute sich das Blut in meinen Armen.

»Ist alles in Ordnung mit dir?«, wiederholte er ruhig.

»Ja.«

»Wirklich? Du siehst blass aus.«

»Ich ... Du tust mir weh.«

Erschrocken ließ er mich los.

»So eine Schweinerei.« Mit aufgerissenen Augen starrte er auf unsere Füße.

Erst jetzt sah ich, dass sein Sakko triefte. Rote Flecken verfärbten das weiße Hemd, und auch seine Lackschuhe glänzten von den Glassplittern und den Spritzern der Getränke. Mindestens zwei, wenn nicht drei Gläser lagen zertrümmert um uns.

Hatte ich das Chaos gerade wirklich verursacht? Oh nein, bitte nicht. Ich umklammerte meine glühenden Wangen. Am liebsten hätte ich mich in Luft aufgelöst. »Das tut mir wirklich leid«, murmelte ich so leise, dass er es an meinen Lippen ablesen musste.

»Das wird teuer«, entgegnete er mit fester Stimme.

Ich wollte etwas sagen, brachte aber keinen Mucks raus, bis ich den Schalk in seinen Mundwinkeln erkannte.

»Du meinst das nicht so, oder?«

Er sah mich grinsend an und schüttelte den Kopf. Währenddessen hatte ich das Gefühl, gleich wirklich umzukippen.

»Himmel, was war das denn?« Irina stand neben mir, die Hände über dem Kopf zusammengeschlagen. Bevor ich etwas sagen konnte, wechselte ihr Blick mit einem anzüglichen Lächeln zu dem Fremden. »Hallo, ich bin Irina.« Sie streckte ihm ihre Hand entgegen. Er war sichtlich irritiert, erwiderte aber ihren Handschlag.

»Liam.«

Seine Freunde, die noch immer um das Mischpult standen, konnten sich vor Lachen kaum halten. Die laute Musik übertönte nahezu jedes Geräusch, aber ihre Gesichter sprachen Bände. Sie zeigten mit dem Finger auf ihn und riefen ihn zu sich. Auf halbem Weg drehte er sich noch einmal zu mir um.

»Hei, wie heißt du eigentlich?« Seine Hände waren zu einem Trichter geformt.

Bevor ich antworten konnte, packte Irina mich am Arm. »Wieso bist du denn so gerannt?«

»Ich bin nicht gerannt.«

»Und wie nennst du das sonst?« Ihr schnippischer Unterton war nicht zu überhören. Sie wollte gerade noch mal nachlegen, als sie die Worte in meinem ermahnenden Blick zu verschlucken schien.

»Hast du Ron gesehen?«, fragte ich vorsichtig.

»Nein, sollte ich?«

»Der ist hier irgendwo.«

»Was will er denn hier?«

»Können wir nicht gehen?«

»Lolita, hör mir zu. Du kannst nicht immer vor ihm weglaufen.«

Natürlich hatte sie recht, und ich gebe zu, für einen Augenblick überlegte ich ernsthaft zu bleiben. Aber der Kloß in meinem Hals würgte mich zu heftig. Der Abend war gelaufen. Ich musste hier raus. Sofort!

Am nächsten Morgen wühlte ich in meinem Schrank nach der schwarzen Stoffhose, bevor ich mich erinnerte, dass sich noch ein Berg Wäsche im Wohnzimmer türmte. Zum Glück verfügte meine Dachwohnung nur über zwei Zimmer. Sonst hätte ich wohl gar nichts mehr gefunden.

Sachte zog ich die zerknitterte weiße Bluse über meine mit blauen Flecken verzierten Arme. Ich wünschte, dieser Liam könnte den unangenehm dumpfen Schmerz fühlen. Vielleicht würde er dann das nächste Mal nicht so fest zupacken.

Ein Blick auf die Uhr ließ Böses erahnen. Wenn der dicke Don etwas nicht leiden konnte, dann war das Unpünktlichkeit.

In Dons Restaurant zu arbeiten, hatte gewiss nicht auf meiner Job-Wunschliste gestanden. Doch irgendwie war ich mit siebzehn in eine nicht enden wollende Situation aus Zufall und Rebellion geschliddert. Die Berufsschule schmiss ich, noch bevor ich das erste Jahr beendet hatte. Was für mich Freiheit bedeutete, verteufelten meine Eltern als Sünde. Ihrer Ansicht nach konnte etwas, was nicht ihren Vorstellungen entsprach, auch nicht der Weg Gottes sein. Und wer nicht auf diesem Weg lief, konnte sich gleich auf die schiefe Bahn nach unten begeben. Als dann einen Tag vor meinem achtzehnten Geburtstag die Polizei an unserer Tür klingelte, öffnete sich der Abgrund der Verdammnis endgültig. Gut, ich hatte nichts mit den geklauten Ohrringen zu tun, das interessierte meine Eltern aber kein Stück. Während meine Mutter nicht aufhören konnte, sich Vorwürfe über ihre verpatzte Erziehung zu machen, predigte mein Vater mir etwas über den Pfad, den ich eingeschlagen hatte.

Mit einem gnädigen Vorschuss meiner Eltern und einem Sack voller Auseinandersetzungen zog ich zwei Monate später in die Dachwohnung. Nachdem ich in Dons Restaurant einige Male angerufen hatte, war sein Mitleid wohl geweckt, und er stellte mich ein. Das war nun bereits sieben Jahre her. Klar hatte ich mir von meiner beruflichen Laufbahn mehr erwartet. Aber ich brauchte diesen Job, auch wenn es mir nur gerade so zum Leben reichte.

Eifrig trat ich in die Pedalen meines Fahrrades. Ich fuhr vorbei an den farbigen Häusern der Altstadt. Die Fassaden glänzten in den ersten Sonnenstrahlen. Der Weg zur Limmat führte über eine gepflasterte Straße. Vom Ruckeln der Steine kribbelten mir jedes Mal die Hände. Auf der rechten Seite erstreckte sich die ungefähr ein Kilometer lange Promenade bis zum Restaurant. Einige der Äste der riesigen Bäume, die in regelmäßigen Abständen den Gehweg säumten, ragten bis über die Oberfläche des Wassers.

Der dicke Don stand mit finsterer Miene vor dem Hintereingang des Restaurants. Die Zigarette hing halb aus seinem Mund, während er energisch auf seine Armbanduhr deutete. Ich rannte an ihm vorbei in die Küche und packte meine Börse für das Wechselgeld. Mama Donna brutzelte gerade etwas am Herd, als ich mich hinter ihr durchschlich. In Windeseile knöpfte ich mein Hemd zu. Moira steckte ihren Kopf durch den Türrahmen des Umkleideraumes. »Lola, hast du mal auf die Uhr geschaut?« Ihre Stimme klang nervös. »Ich kann nicht immer zehn Tische gleichzeitig bedienen.«

»Es tut mir so, so leid. Wird nicht mehr vorkommen, ich verspreche es.«

Sie nickte mir zu, während ich an ihr vorbeihuschte.

Der Innenraum des Restaurants versprühte italienische Gemütlichkeit. Auf den weißen Tischtüchern glänzten toskanisches Geschirr und goldene Kerzenständer. In der hinteren rechten Ecke stand eine rustikale Bar mit einer beachtlichen Auswahl an italienischen Weinen.

Das Don's wurde nach alter Familientradition über Generationen weitergeführt. Doch erst durch

Mama Donna, die seit einem Jahrzehnt in der Küche arbeitete, war das Spezialitätenrestaurant auch zu einem der renommiertesten in der ganzen Region geworden. Sie war die wahre Künstlerin, und das wussten auch unsere Gäste.

Gekonnt eilte ich mit drei Tellern zu einem der Fronttische. Der Duft der Penne stieg mir in die Nase und ließ meinen Magen rebellieren. Nachdem ich die Teller vor den Gästen platziert hatte, wanderte mein Blick für einen kurzen Augenblick aus dem Fenster.

Die drei Gestalten, die sich vor dem Eingang unterhielten, ließen meinen Atem stocken. Abrupt sah ich an mir herunter und strich nervös über meine Haare. Das Blut schoss mir ins Gesicht, als ich wieder nach draußen spähte. Ich hatte das Gefühl, zu glühen. Ja, zu brennen.

Verdammt, was machen die denn hier?

Ich wollte nicht, dass sie mich erkannten. Was sollte ich tun? *Denk nach, denk nach, denk …* Die Tür öffnete sich. Sie stellten sich in den Eingangsbereich und ließen die Blicke durch den Raum schweifen. Hätte ich Dons Augen nicht im Rücken verspürt, wäre die Verlockung groß gewesen, in der Küche zu verschwinden.

»Ah, hallo die Dame!« Der mit dem weiß-leuchtenden Zahnpastalächeln sah zu mir rüber. »Wir hätten gerne einen Tisch für drei.«

Wie auch schon am Vorabend trugen die zwei Unbekannten schwarze Anzüge, dazu passende

21

Westen und Krawatten. Der Größte hatte seine schulterlangen Haare mit einer gefühlten Tonne Haargel nach hinten geglättet. Mit einem selbstgefälligen Lächeln musterte er den gesamten Raum. Den Kleinsten hatte ich gestern kaum wahrgenommen. Er sah älter aus als die anderen beiden. Bestimmt zehn Jahre. Liam trug einen dunkelblauen, feingliedrigen Anzug, darunter blitzte ein weißes Hemd auf, bei dem er den obersten Knopf offen trug.

Obwohl sie auf eine Reaktion meinerseits warteten, starrten meine Augen unentwegt zu Liam. Seine leicht überheblich wirkende Erscheinung strahlte eine Autorität aus, die den ganzen Raum einnahm. Als er mich erblickte, änderte sich sein Gesichtsausdruck und verzog sich zu dem frechen Grinsen von gestern.

»Könnten wir einen Tisch für drei bekommen?«, wiederholte der Protzige, während er mir seine strahlenden Zähne zeigte.

»Ihr könnt euch einen freien Tisch aussuchen.« Stocksteif zeigte ich in die Mitte des Raumes. Etwas verhalten setzten sie sich in Bewegung. Als ich mich umdrehte, sah ich in die funkelnden Augen von Don. Er stand hinter der Bar und stützte sich mit einer Hand auf dem Tresen ab. Mit gesenktem Blick lief ich auf ihn zu, um die Speisekarten zu holen.

»Was sollte denn das?«, kläffte er mich an.

»Es tut mir leid.«

»Wir führen unsere Gäste zu den Tischen, vergessen?!«

»Nein, natürlich nicht.«

Es musste doch möglich sein, mich zusammenzureißen. Das gestern war nur ein blöder Zufall gewesen, ein Versehen. Sowas könnte doch jedem passieren. Nein, könnte es nicht. Nein, es war peinlich, und nein, ich kriegte die Scham nicht aus meinem Gesicht. Vielleicht hätte ich es geschafft, wenn sie nicht dieses *»Schau mal der Trampel von gestern«*-Lächeln aufgesetzt hätten.

Bittend sah ich noch zu Moira. Aber so genervt, wie sie heute war, würde sie den Tisch bestimmt nicht übernehmen.

Mit heißen Wangen nahm ich die Bestellungen entgegen, ich traute mich kaum, einen der drei anzuschauen. Schon gar nicht Liam, der trieb meine Nervosität ins Unermessliche, und so verzog ich mich, wenn immer möglich, in die Küche, auf die Toilette oder in den Weinkeller. Das funktionierte auch gar nicht schlecht, bis ich ihnen die Rechnung auf den Tisch legte.

»Wie heißt du?«, fragte der Protz.

Erschrocken guckte ich ihn an. »Lola.«

»Lola, also ich für meinen Teil muss sagen, du schuldest mir was.«

Entgeistert starrte ich ihn an. Von Nahem sah der Lackaffe noch viel schnöseliger aus. Seine Haare glänzten wie eine Panzerhaube. Ich spürte, wie Liams Blick zwischen uns hin- und hersprang.

»Du weißt schon, die Getränke von gestern. Ich würde sagen, das bedarf einer Wiedergutmachung. Hast du morgen Zeit?«

Was? Schrie mein Gehirn. *Ein Date? Mit dem?*

Ein undefinierbares »Hm ...«, kam über meine Lippen.

Alle sechs Augen richteten sich auf mich. Ich ließ meinen Blick zwischen den Gesichtern hin und her schweifen, bis ich bei Liams landete. Er musterte mich, dann öffnete er den Mund und schloss ihn wieder. Ich sah, wie sich seine auf dem Oberschenkel ruhende Hand zur Faust ballte. »Sie kann nicht«, sagte er ruhig.

»Was?!«

»Na, sie kann nicht, weil ..., weil sie schon ein Date hat.«

»Was redest du denn da?«, fragte er Liam mit zusammengekniffenen Augen.

Liam richtete seinen Fokus auf mich. »Hast du doch, oder?«

»Ja«, sagte ich wenig überzeugend.

»Mit wem denn?«

Liam legte seine Hand auf den Tisch, »Na, mit mir.«

Was?! Hat er das gerade wirklich gesagt?

Seine Gesichtszüge verzogen sich zu einem gepressten Lächeln. »Das haben wir doch gestern abgemacht, weißt du nicht mehr?«

Ein weiteres »Hm ...« entwich meiner Kehle.

Der Protz glotzte mich an, dann runzelte er die

Stirn und nickte Liam zu. »Gut«, er warf die Scheine auf den Tisch, »aber wenn das mal kein Feuer unterm Dach gibt.«

Feuer? Was?

»Danke«, krächzte mein Mund, während ich über den Tisch langte. Mit schnellen Schritten verschwand ich in der Küche und spähte so lange durch den Türspalt, bis ich sie nicht mehr sehen konnte. Die aufspringende Tür wäre mir beinahe gegen den Kopf geknallt. Don stand im Rahmen und atmete tief. »Hat der Anzugträger mir gegeben.«

Langsam nahm ich das Stück Serviettenpapier entgegen und sah auf die schwarze Schrift auf der Rückseite.

Dann würde ich sagen, morgen um acht Uhr.
Hole dich vor dem Restaurant ab.

Liam

2

Stürmisch buddelte ich mich durch die Tiefen meines Kleiderschrankes und riss einen Bügel nach dem anderen heraus. Ich wühlte mich durch den Unterwäschehaufen, packte einen Slip und schmiss ihn wieder zurück.

Was sollte denn das?

Meint er das ernst?

Womöglich schon, sonst hätte er mir keine Nachricht dagelassen. Oder? Sollte ich überhaupt darauf eingehen? Ich habe einem Date nie zugestimmt. Aber bei dem Gedanken, ihn vergeblich warten zu lassen, fühlte ich mich auch nicht wohl. Nein, das konnte ich nicht tun.

Ein Stapel Shirts verdeckte meine Füße, und irgendwie gab es alle meine Socken nur in einmaliger Ausführung.

Wieso zum Teufel musste mir das passieren? Das war eher eine Aktion, die zu Irina passte. Sie war die Mutige, die Abenteuerlustige. Sie erlebte ständig solche Geschichten. Aber ich doch nicht! Und doch half alles nichts. Ich würde heute Abend zu diesem … ja, was war es denn eigentlich? Ein Date? Ein Wiedergutmachungsdrink für die blauen Flecken an meinen Oberarmen?

Ich hockte mich aufs Bett und vergrub mein Gesicht in den Händen. Die im Halbstundentakt schlagende Kirchenuhr durchdrang die Stille.

Wiederwillig richtete ich mich wieder auf und griff die beiden Outfits, die mir als Erstes in die Hände fielen. Auf die linke Seite meines Bettes flog ein schwarzes Cocktailkleid und auf die rechte ein paar Skinny Jeans mit einem weißen Shirt. Ohne lange darüber nachzudenken nahm ich die Jeans und zog mir das Shirt über den Kopf. Meine braunen, schulterlangen Haare band ich zu einem satten Dutt und zog die Augen mit etwas Eyeliner nach. Die leichte Jacke aus schwarzem Stoff verdeckte die blauen Flecken. Ich konnte fast zuschauen, wie sie sich von dem morgendlichen Blau zu einem tiefen Grün verfärbten.

Schon von weitem konnte ich sehen, wie er auf dem Bürgersteig vor dem Restaurant hin und her tigerte. Erleichtert stellte ich fest, dass Liam den Anzug gegen eine schwarze Shorts und ein dunkelgrünes Poloshirt eingetauscht hatte.

Ich schob mit der einen Hand mein Fahrrad und rieb meine andere an den Jeans ab.

Warum hat er das getan? Je länger ich darüber nachdachte, desto größer wurde der Kloß in meinem Hals.

Lächelnd musterte er mich, dann zog er die Hände aus den Hosentaschen und lief auf mich zu. Die kurzen Bartstoppeln piksten mich sanft in die

Wangen, als er mir zur Begrüßung drei Küsse aufdrückte. Er trug ein leicht herbes Parfum, welches mich in seiner holzigen Note an einen dichten Wald erinnerte.

»Du siehst gut aus.« Seine Hände ruhten noch immer auf meinen Schultern.

»Wollen wir?«, fragte ich hastig und schob das Fahrrad ein Stück weiter.

Er machte einen Schritt rückwärts und streckte mir seine Hand entgegen. Ich wusste nicht so recht, was ich damit anfangen sollte, doch als er anfing, mit den Fingern zu wippen, legte ich meine Hand in seine und schob mit der anderen meinen Drahtesel. Die Haut fühlte sich warm und geschmeidig an. Also war er definitiv niemand, der mit den Händen arbeitete. Vielleicht irgendein Versicherungs- oder Bankangestellter?

Er führte mich zwei Minuten die Straße hoch bis zum Casino-Parkhaus. Im Laufen zeigte er auf eine Reihe geparkter Autos. »Welches sollen wir nehmen?«

»Mein Fahrrad?«, fragte ich skeptisch.

Er sah zu mir rüber, grinste und drückte auf einen kleinen Apparat in seiner Hand. Ein weißer Wagen pfiff und ließ gleichzeitig zwei Frontlichter aufleuchten.

»Wir beide, auf deinem Fahrrad? Das würde bestimmt ein lustiges Bild abgeben.« Er gab einen leicht drückenden Impuls gegen meine Hand. »Lass es besser hier stehen.«

Mir wäre beinahe die Spucke weggeblieben. Woher hatte dieser junge Typ das Geld für ein solches Fahrzeug?

Während ich das Schloss meines Drahtesels verriegelte, spürte ich seinen Blick auf mir. Schmunzelnd führte er mich in die Richtung der Beifahrertür, öffnete sie und streckte die Hand ins Innere, was einer Einladung gleichkam. Sachte ließ ich mich auf den Sitz fallen. Es fühlte sich an, als ob der Innenraum mich verschlucken wollte.

Die Sitze verströmten den Geruch nach Leder, und das Armaturenbrett glänzte voller filigraner Details und kleiner Knöpfe.

»Bist du bereit?«

»Sag mal, hast du im Lotto gewonnen?« Die Frage kam ungewollt aus meinem Mund. Er presste überrascht die Lippen aufeinander und richtete den Blick nach vorne, bevor er seinen Oberkörper in meine Richtung drehte. »Nicht das ich wüsste.«

»Was ist das für ein Wagen?«

Er schlug die Hände vor dem Mund zusammen. »Hast du das gerade wirklich gefragt?«

Ich wich seinem Blick aus, indem ich die Gangschaltung anstarrte. »Ja, ich denke schon.«

»Das ist ein Ford Mustang, und das nicht zu wissen, ist eine wirklich große Wissenslücke, Lola.« Er tat so, als hätte ich ihn gerade richtig geschockt, verzog dann aber seine Mundwinkel und zwinkerte mir zu.

Der Motor brummte unter uns auf, und in einem

gemächlichen Tempo fuhren wir durch die Innenstadt, dann über die Hochbrücke zur anderen Seite der Limmat. Es dauerte keine zehn Minuten, bis wir auf einem Kiesplatz in der Nähe des Flusses, zum Stehen kamen.

Er schwang sich aus dem Sitz, lief um den Wagen und öffnete die Beifahrertür. Erneut streckte er mir seine Hand entgegen. Ich ignorierte die Geste und hievte mich mit beiden Händen aus dem Sitz.

Wir liefen gute zehn Minuten flussaufwärts, ohne ein einziges Wort zu sagen. Erst die leise Musik der Sommernachtsbar durchdrang die Stille. Der Wind trug Fetzen einer Melodie bis zu uns, und auf einmal fing er an, die leisen Töne mitzusummen. Ich wusste nicht, ob er mich zum Lachen bringen wollte oder ob er einfach ein bisschen verrückt war. Aber es gefiel mir. Er schien sich von absolut gar nichts aus dem Konzept bringen zu lassen. Nicht mal meine extra hochgezogene Augenbraue konnte daran etwas ändern. Im Gegenteil. Er summte nur noch lauter. Zwei ältere Damen blieben stehen und lächelten freundlich. Mit einem leichten Schlag auf den Oberarm versuchte ich ihn zu bremsen. Doch anstatt nachzugeben, packte er meine Hand und streckte sie über meinen Kopf in die Höhe.

»Was tust du denn da?«

»Komm schon.« Sanft zupfte er an meinen Fingern.

Ich gab nach und drehte mich in eine Pirouette. Er musste lachen, und auch wenn ich mir auf die Lippen biss, konnte ich mir ein Grinsen nicht verkneifen.

Wir ergatterten den letzten freien Tisch auf der Holzterrasse direkt am Ufer. Auf den Stühlen lagen farbige Kissen, die Tische waren mit Kräutertöpfen geschmückt, und um das gesamte Areal brannten Fackeln.

»Ich hole uns was zu Trinken.« Während er sich in der Schlange platzierte, genoss ich die Aussicht aufs Wasser.

Die hinter der Stadt verschwindende Sonne ließ die Umrisse der Häuser zurück. Auf der gegenüberliegenden Seite drehten Vögel ihre Runden durch die Äste der Bäume.

»Gefällt's dir hier?«

Ich schrak auf.

Ein Weinglas landete vor mir auf dem Tisch.

Er mochte also Weißwein. Oder er dachte, ich würde ihn mögen. Was ich auch tat. Nur hatte ich in der Anfangsphase mit Ron auch immer Weißwein getrunken, und das war definitiv kein gutes Omen.

»Sag mal, wieso hast du das getan?«, rutschte es aus mir heraus.

»Was meinst du?«

»Dein Freund wollte mich zu einem Date einladen, wieso hast du dazwischengefunkt? Du hast gelogen.«

Er sah auf das Glas in seinen Händen, bevor er mich wieder fixierte. »Vielleicht wollte ich dich einfach retten.«

»Was? Vor was denn retten?«

Seine Mundecken zeigten ein verschmitztes Lächeln. »Du hättest dein Gesicht sehen sollen. Der ungezügelte Charme meines Cousins scheint dich ganz schön aus dem Konzept gebracht zu haben. Da musste ich doch eingreifen.«

»Dann muss ich mich wohl bei dir bedanken?«

Er hob das Glas um mit mir anzustoßen. »Das wäre das Mindeste.«

Sachte nippte ich an dem leicht fruchtig schmeckenden Wein.

In angenehmen Rhythmen erreichte mich die nach Flusswasser riechende Briese, vermischt mit Liams Parfum.

»Dein Autokennzeichen ist aus Zürich, was machst du dann hier in Baden?«

»Du bist sehr aufmerksam.« Er nickte einmal in Richtung Innenstadt. »Wir hatten einen größeren geschäftlichen Auftrag ganz in der Nähe.«

»Dann arbeitest du für deinen Cousin?«

»Er wohl eher für mich.«

»Oh, und was machst du beruflich?«

Er fuhr sich mit der Hand über den Mund, dann schweifte sein Blick auf die Tischplatte. »Was denkst du?« Als er wieder zu mir hochsah, war sein Gesichtsausdruck verhärtet.

Ich senkte meine Aufmerksamkeit auf das Glas in meiner Hand und fing an es im Uhrzeigersinn zu drehen.

Seine Reaktion fühlte sich seltsam an. Ich wollte

ihn nicht in Verlegenheit bringen und so versuchte ich die Situation etwas aufzulockern. »Vielleicht Spion, Mafia oder äußerst erfolgreicher Zocker?«

Seine Gesichtsmuskeln wurden wieder weicher. »Kannst dir was davon aussuchen«, dann stützte er sich auf den rechten Unterarm und sah aufs Wasser. »Sag mal, kennst du dich hier unten aus?«

»Siehst du den Weg auf der anderen Seite des Flusses?« Mein Finger fuhr der Promenade entlang. »Wenn du diesem Weg fünfzehn Minuten folgst, landest du bei mir zu Hause.«

»Da hast du echtes Glück, ich würde gerne an einem Ort wie diesem wohnen.«

»Ich will dir ja nicht zu nahetreten, aber es wirkt nicht gerade so, als ob du das nicht könntest, wenn du das wirklich willst.«

So als müsste er über meine Worte nachdenken, verweilte sein Blick auf der anderen Uferseite. »Ja, das könnte man meinen«, nuschelte er, bevor er mich wieder ansah. »Aber zwischen dem, was ich will, und dem, was ich muss, ist eine ziemlich große Distanz, weißt du?« Seine Stimme hatte plötzlich etwas unerwartet Ernsthaftes.

Ich nickte leicht und presste meine Lippen gegen den Rand des Weinglases.

»Wie alt bist du?«

»Vierundzwanzig«, sagte ich fast flüsternd. »Und du?«

»Ein Jahr älter.«

Mit dem nächsten Glas Wein brach das Eis immer

mehr und irgendwann fühlte es sich an, als wäre es das normalste der Welt, mit diesem schönen Fremden hier zu sitzen, mich mit ihm zu unterhalten, zu lachen und ab und an einen neckenden Spruch fallen zu lassen.

So richtig in Fahrt kam er, als er mir von seiner Liebe zu Ford Mustangs erzählte, von denen er – nebenbei bemerkt – noch einen Weiteren besaß. Seine Augen leuchteten, als er die Wörter *Oldtimer, Jahrgang 1965 und restaurieren* in den Mund nahm.

Ich ertappte mich dabei, wie ich ihn fragte, was er denn genau restaurierte, obwohl ich keine Ahnung von Autos hatte. Er lächelte mich etwas überrascht an, startete dann aber gleich mit einer ausführlichen Erklärung.

Ehrlich, ich verstand kein Wort. Das war mir aber auch völlig egal, denn ich klebte an seinen Lippen. Am liebsten hätte ich ihn den ganzen Abend ausgefragt, nur um die überschwängliche Freude in seinen Augen zu beobachten. Seine Begeisterung war so ansteckend, dass ich erst nach Liams kleinem Wink nach oben bemerkte, dass an der Bar schon die Lichter gelöscht wurden.

Also spazierten wir zurück zum Parkplatz. Der Nachthimmel war sternenklar, und der Mond leuchtete wie eine große Perle am Himmel. Kurz bevor der Weg zum Wagen abzweigte, stellten wir uns ans Geländer und beobachteten das Fließen des Wassers. Der Wind ließ mich schaudern.

»Willst du meine Jacke?«

»Frierst du nicht?«

Ohne zu antworten öffnete er den Reißverschluss. Er stellte sich direkt hinter mich. »Na los.«

Im Hauch eines Augenblicks konnte ich seinen warmen Atem in meinem Nacken spüren. Ein seltsames Gefühl bahnte sich den Weg durch meinen Körper. Ganz sanft rieb er mit den Händen an meinen Armen entlang.

»Besser?«, flüsterte er.

Ich drehte meinen Kopf so, dass ich ihn im Augenwinkel sah. Wir standen eine ganze Weile so da, und obwohl ich ihn kaum kannte, fühlte es sich richtig gut an.

Er fuhr mich nach Hause, sodass ich kurz nach zwölf den Schlüssel ins Schloss der Treppenhaustür steckte.

»Danke für den schönen Abend.« Ich öffnete den Reißverschluss der Jacke, zog sie aus und hielt sie ihm entgegen. Er nahm sie und räusperte sich leise. »Ich danke dir. Lola.«

Seine tiefgrünen Augen ließen mein Herz schneller schlagen.

Er machte einen Schritt auf mich zu, sodass sein Gesicht nur noch eine Nasenlänge entfernt war. Ich konnte kaum atmen, und trotzdem spürte ich eine gewisse Distanz. Sie lag zwischen uns wie eine unsichtbare Barriere, die keiner von uns überschreiten konnte.

Er legte seine rechte Hand an meinen Hals und

drückte mir einen sanften Kuss auf die Wange, dann ging er einen Schritt zurück. Aus dem Geldbeutel, den er aus der Hose fischte, zog er ein weißes Stück Papier und drückte es mir in die Hand. »Da steht meine Nummer drauf.«

Ich nahm die Karte, auf der etwas in Druckbuchstaben stand, und nickte ihm zu.

Er machte wieder einen Schritt rückwärts. »Und danke, dass du so getan hast, als ob es dich interessiert.«

Auf meine zusammengezogenen Augenbrauen ergänzte er: »Das mit meinem Oldtimer.« Er steckte die Hände in die Hosentasche und wollte sich gerade wegdrehen.

»Liam? Ich habe nicht nur so getan.«

Es dauerte einen Moment, dann überzog ein Lächeln sein Gesicht. Zufrieden nickend machte er sich auf den Weg zu seinem Auto.

»Wieso hast du ihn nicht einfach geküsst?«

»Ich konnte es nicht.«

»Wieso nicht?« Irina guckte durch einen Spalt aus der Umkleidekabine.

»Es ist kompliziert.«

»Was denn, Lolita, was?«

»Ich konnte es einfach nicht.« Neben dem Vorhang stehend, zupfte ich ihn wieder zu. Unbeeindruckt babbelte sie einfach noch ein bisschen lauter. »Du wirst also von einem absolut heißen Typen eingeladen, ihr verbringt einen perfekten Abend und du sagst, du kannst nicht? Du hast sie doch nicht alle.« Mit Schwung riss sie den Vorhang zur Seite und tänzelte um ihre eigene Achse. Mit dem herumwirbelnden blonden Haar sah sie aus wie eine Ballerina. »Perfekt, nicht?«

Das weiße Etuikleid schmiegte sich um ihre schmale Taille.

»Steht dir wirklich gut.«

»Danke.« Sie stellte sich vor mich und packte meine Hände. »Und wann werdet ihr euch wiedersehen?«

Ich zog meine Schultern nach oben. »Ich weiß nicht. Vielleicht nie mehr.«

»Was?«, brüllte sie mich an. »Ich verstehe dich einfach nicht. Ich meine, muss ich?« Ohne eine Antwort zu erwarten, stampfte sie zurück in die Kabine und zog den Vorhang mit einem Ruck zu. Meine Hände ballten sich zu Fäusten. Wieso konnte sie mich nicht einmal verstehen? Die Trennung von Ron war gerade mal zwei Wochen her. Zwei Wochen!

»Wie geht's Tom?«, plärrte ich und biss mir danach auf die Lippen.

»Ganz gut.«

»Und?«

»Er kann mich mal!« Ein dumpfer Schlag ertönte aus der Kabine.

»Alles in Ordnung da drin?«

Ihr Kopf leuchtete genauso hellrot wie der Vorhang, als sie ihn wieder zur Seite schob. Sie schmiss das Kleid über die Schulter und stapfte in den Ladenbereich. Ich stolperte ihr hinterher.

»Was ist denn passiert?« Schon klar, mit der Frage trat ich in ein Wespennest, aber wenigstens war das Thema Liam damit vom Tisch.

»Weißt du was er getan hat? Er hat mich wieder ausgeladen, nachdem er mich seinen Eltern vorstellen wollte. Plötzlich kommt ihm in den Sinn, dass wir wohl doch nicht so gut zusammenpassen.«

»Das tut mir sehr leid.«

Ihre Augen füllten sich mit Tränen, während sie mit der Faust in die offene Handfläche hämmerte. »Dabei haben wir perfekt zusammengepasst, oder?«

Auf diese Frage konnte es nur eine richtige Antwort geben. »Ja klar, was für ein Schwein.«

Sie schwang ihre Arme um mich. »Was würde ich bloß ohne dich tun?«

Ich hielt sie fest, während sie in meinen Nacken schluchzte. »Das wird schon. Da draußen wartet jemand auf dich, ganz bestimmt.«

»Wieso habe ich immer so viel Pech mit den Männern? Was stimmt denn nicht mit mir?«

Ich löste die rechte Hand von Irinas Rücken und sah auf die Uhr an meinem Handgelenk. Verdammt, vor fünf Minuten war Schichtbeginn, und ich stand hier noch mitten im Laden.

»Du bist gut so wie du bist, glaub mir. Vielleicht gehst du es beim nächsten Mal einfach ein bisschen langsamer an, ja?«

Wimmernd nickte sie an meiner Schulter und löste sich dann. Ich zog ein Taschentuch aus meiner Tasche und putzte ihr die verwischte Mascara unter den Augen weg. »Ich muss unbedingt gehen. Don wird mir den Hals umdrehen.«

»Der Fette?«, wimmerte sie.

»Ja, der Fette, der immer was zu motzen hat, du weißt schon.«

Ein bedrücktes Schmunzeln flog über ihr Gesicht.

»So liebe ich meine beste Freundin.« Ich drückte sie noch mal und spurtete dann aus dem Laden. Keuchend rannte ich die Einkaufsstraße entlang, vorbei an Cafés, einer alten Kirche und dem Casino-Gebäude.

Don stand mit verschränkten Armen vor der Hintertür und starrte mich zornig an. Er sagte kein Wort, als ich an ihm vorbei in die Küche wuselte.

Zum Glück waren die meisten Leute bereits in den Sommerferien. In der Zeit zwischen Juni und August blieben die meisten Tische leer. Diese Flauten hatten allerdings auch immer enorme Auswirkungen auf Dons Stimmung. Niemand traute sich, auch nur ein Wort mehr als nötig mit ihm zu wechseln. So auch heute. Es war ratsam, ihn so gut es ging zu meiden.

Ich schwang den Müllsack über meine Schulter und bog damit in die Seitenstraße des Restaurants. Fluchend versuchte ich den stinkenden Sack in den Container zu stopfen. Ich knallte den Deckel auf die

Säcke und drückte ihn mit meinem ganzen Gewicht zurück in die Halterung.

In der Drehung erfasste mich ein heftiger Hieb. Unsanft drückte mich jemand gegen die Hauswand. Jeder Muskel in meinem Körper versteinerte. Eine Hand wurde auf meinen Brustkorb gedrückt. Ich schnappte nach Luft.

3

Ron!

Die Haare klebten ihm auf der Stirn, als hätte er sie seit Wochen nicht gewaschen. Ich konnte den abgestandenen Alkohol aus seinem Mund riechen.

Kaum wagte ich mich zu rühren. Es war, als hätte jemand die Zeit gestoppt. Das Einzige, was ich noch realisierte, war der Druck auf meiner Brust und sein unregelmäßiger Atem auf meinem Gesicht.

»Wieso tust du mir das an?«, flüsterte er. Als würde er mit einer Antwort rechnen, die ihm gegen den Strich ging, presste er die Zähne so fest aufeinander, dass sich sein Kiefer verspannte.

Ich sah ihn nicht zum ersten Mal am Rande eines Zusammenbruches, doch in diesem Moment fühlte es sich bedrohlich an. Hinter seinen rollenden Pupillen verbarg sich eine Wut, die ich nicht einordnen konnte, und zugleich war ich mir nicht sicher, ob er wusste, was er da tat.

Mühsam sog ich die Luft in meine Lungen, fast hatte ich das Gefühl zu ersticken.

»Ich habe dich gesehen. Mit diesem Typen. Was willst du mit dem?« Er löste den Druck etwas, und ich musste, nach Luft ringend, röchelnd husten.

»Ron, bitte.« Meine Handflächen drückten sich gegen die Betonwand, während ich spürte, wie der kalte Schweiß meine Schläfen entlanglief.

Er schlug mir mit einem festen Hieb erneut gegen die Brust. »Versprich mir jetzt, dass du mich anhörst!«

Vorsichtig nickte ich ihm zu, da wurde der Ausdruck seiner Augen etwas weicher. Er zog sich einen kleinen Schritt zurück, löste jeden Finger einzeln von meinem Shirt und ließ von mir ab. Ich legte die Hand schützend auf meinen Hals und räusperte mich leise. »Du bist wieder betrunken. Bitte beruhige dich.«

Er wippte von einem Bein aufs andere, während seine roten unterlaufenen Augen sich wirr im Kreis drehten. Es war klar, wenn er so weitermachte, würde er sich selbst zerstören und alle mit sich in den Abgrund zu reißen.

Ich konnte noch immer nicht glauben, was er sich mit dem Alkohol angetan hatte. Als wir zusammenkamen, war er ein attraktiver Kerl mit tiefen Lachfalten gewesen – und jetzt sah ich nichts mehr dergleichen. Ich werde den Tag nie vergessen, an dem er all das verlor.

Wir feierten unser einjähriges Jubiläum, als sein Handy klingelte. »Es ist etwas Schlimmes passiert«, schrie seine Mutter in den Hörer. Und dann zerfiel er vor meinen Augen innerlich wie eine Glasscheibe, die auf dem Boden zerschmetterte. Eine tiefe Leere füllte seine Augen. Jegliche Gefühlsregung verabschiedete sich aus seinem Gesicht.

Sein Bruder war mit dem Motorrad in ein entgegenkommendes Fahrzeug geknallt. Er war auf der Stelle tot. Von dem Tag an begann Ron zu trinken. Ich wollte ihn nicht fallenlassen und versuchte alles, um ihm zu helfen. Doch nach mehrmalig erfolglosem Entzug verlor ich den Glauben an ihn. Mein Respekt, und damit die Liebe, waren nur noch ein Schatten der Vergangenheit. Ich musste mich von ihm trennen, ansonsten hätte ich mich selbst verloren.

Wie ein Häufchen Elend sah er aus, als er versuchte, sich auf den Beinen zu halten. Dabei beobachtete ich jede seiner Bewegungen, und je länger ich das tat, desto heftiger spürte ich den aufsteigenden Groll in meiner Magengrube. Meine Finger pressten sich immer fester zu Fäusten, bis sich die Nägel in meine Handflächen bohrten. Die Spannung meiner Hände zog sich in einem ziehenden Gefühl bis in meine Schultern. Am liebsten hätte ich ihn geschlagen. Ihm die gleichen Schmerzen zugefügt, die er meiner Seele bereitete. Ich war völlig überfordert, und als wäre das noch nicht genug, war da noch diese Stimme in mir, die ihn ohne diesen versifften Gestank kannte.

»Ron, du brauchst Hilfe, du weißt das. Ich kann nicht mehr, verstehst du mich?« Ich flüsterte, in der

Hoffnung, ihn irgendwo in dieser leeren Hülle zu erreichen.

»Ich brauche dich, komm zu mir zurück«, stammelte er vor sich hin.

»Ich werde es mir überlegen«, log ich eiskalt, »aber nur, wenn du einen Entzug machst.«

Jetzt war nicht der richtige Zeitpunkt für Ehrlichkeit. Ich wollte nur, dass er ging. Mich in Ruhe ließ. Aus meinem Leben verschwand.

Er nickte mir zu, während ihn ein überkommender Schwindel dazu zwang, sich an der Wand abzustützen. Vor sich hinmurmelnd drehte er sich um und torkelte davon.

Erst als er um die Ecke gegangen war, füllte sich meine Lunge wieder, als wäre ich kurz vorm Ertrinken. Ich presste die Handfläche auf meinen Mund, denn meine Kehle schluchzte unkontrolliert und ich rang nach Luft. Jeder Teil meines Körpers zitterte, als ich mich auf allen vieren auf dem Beton abstützte. Ich weiß nicht, wie lange ich dasaß, bis ich mich wieder einigermaßen beruhigt hatte. Mit dem Ärmel meiner Bluse wischte ich mir die Tränen aus dem Gesicht, bevor ich mich mit meiner letzten Energie wieder auf die Beine zwang.

Don stand mit in die Hüften gestemmten Armen und grimmiger Miene in der Küche. Ich hatte keine Kraft mich zu erklären, und so tischte ich ihm eine völlig erbärmliche Lüge auf. Mit einer Verwarnung machte ich mich wieder zurück an die Arbeit. Den

Rest des Nachmittags versuchte ich mich so gut wie möglich abzulenken. Auch wenn das hieß, dass ich die Gäste manchmal dreimal fragte ob alles passte.

Unfähig, mich aufs Fahrrad zu setzen, schob ich es neben mir her. Für den Weg von zehn Minuten brauchte ich das Dreifache. Zu Hause angekommen riss ich mir die Kleider vom Leib und stellte mich unter die Dusche.

Ich rubbelte so stark an meinem Brustbein, dass es schmerzte, denn ich spürte noch immer den Druck seiner Hände darauf. Das Gefühl des Ertrinkens kroch erneut durch meine Luftröhre. Ich schloss die Augen, öffnete den Mund und atmete bewusst regelmäßig. Meine Hände fixierten die Wand, während mir das heiße Wasser über den Rücken lief.

Mein Badezimmer verschwand im Weiß des Dunstes. Ich trocknete mich ab, wickelte ein Handtuch um meine nassen Haare und legte mich zusammengekrümmt ins Bett.

Das anfängliche Nieseln vor dem Fenster verwandelte sich bald in ein so heftiges Gewitter, dass ich das Gefühl hatte, in einem Glashaus zu liegen. Als der Wind dann auch noch pfeifend durch den Dachboden zog, verkroch ich mich unter der Bettdecke und kniff die Augen zusammen.

Mitten in der Nacht schreckte ich nach Luft schnappend auf, um dann gleich wieder wegzudämmern. Es war eine dieser Nächte, in denen ich das Gefühl hatte, nicht einmal richtig eingeschlafen zu sein, bis die ersten Sonnenstrahlen durch meine Jalousien drangen. Völlig erschöpft sah ich um Punkt sechs Uhr auf mein Handy.

Die Nacht steckte in jeder Faser meines Körpers. Meine Glieder schmerzten, und die Bilder des vergangenen Tages liefen in einer Endlosschleife durch meinen Kopf. Dieses Gefühlschaos war nicht mehr auszuhalten, und so sprang ich aus dem Bett und zog mir die Trainingshose über.

Wenn ich mich nicht mehr spüren konnte, gab es nur eins – ich musste rennen.

Der Weg führte über einen halben Kilometer an der Limmat entlang. Die ersten Vögel zwitscherten in den Wipfeln der Bäume. Ich rannte vorbei an den farbigen Häusern der Altstadt, durch die gepflasterten engen Gassen bis in das Herz von Baden. Die Straßen waren menschenleer an diesem Sonntagmorgen. In der Mitte der Stadt führte ein unscheinbarer Weg über eine Treppe bis zur Ruine Stein. Ich hielt einen Moment inne und sah nach oben. Genau dreihundertundsechs Stufen trennten mich vom Wahrzeichen der Stadt. Ich sog die frische Luft in mich ein und sprintete los. Schritt um Schritt, so schnell ich konnte. Vorbei an bekritzelten Steinen bis zu den alten Gemäuern. Obwohl mir die kühle Luft ins Gesicht peitschte, triefte mein Shirt. Als mir die Puste ausging, versuchte ich das Tempo nochmals zu erhöhen. Nach Luft ringend erreichte ich den Grund der Ruine, wo der Schlossturm vor mir in die Höhe ragte. Ich legte mich auf den Boden und beobachtete die wild tanzende Flagge an der Spitze.

»Du wirst mich nicht unterkriegen«, rief ich entschlossen. Ich wiederholte den Satz in meinen Gedanken, bis ich wieder ruhig atmen konnte. Ein angenehmes Gefühl bahnte sich den Weg durch meinen Körper. Vor der Ruine erhob sich eine Steinmauer. Ich setzte mich darauf und sah in die Tiefe.

Von diesem Platz aus konnte man bis über die Stadtgrenzen hinaussehen. Die Dächer der Häuser glänzten in der morgendlichen Sonne. Es wirkte alles so weit weg. Leise brummend fuhren die ersten Fahrzeuge durch den Tunnel, der sich unter der Ruine hindurchzog. Ich sog die Energie dieses Ortes in mich auf, bevor ich mich auf den Heimweg machte.

Mit einem Glas Wasser in der Hand lehnte ich mich gegen die Küchenspüle. Im Verhältnis zum Rest der Wohnung sah die Küche neu und modern aus. Die Ablage überdeckte ein blau-schwarzer Marmorstein und die weißen Schränke waren mit Edelstahlgriffen versehen.

Neben dem Induktionsherd, gegenüber der Spüle, sah ich es liegen – dieses kleine Stück Papier. Ich hatte es vorgestern da abgelegt und dann völlig vergessen. Ohne darauf zu schauen, nahm ich es auf. Ich drehte es in meinen Händen und ließ mir die Ereignisse der letzten Tage durch den Kopf gehen. Dann öffnete ich den Mülleimer, setzte zum Wurf an und knallte den Deckel wieder zu. Das kleine kreditkartenförmige Papier lag noch immer in meiner Hand. Meine Gedanken schrien mich an: »Jetzt schau schon drauf, na los!«

Eine feine goldene Linie zog sich an dem Rand der Karte entlang. Etwas war in das Papier eingraviert. Sanft ließ ich meinen Finger darüber gleiten. Es sah aus wie ein Symbol. Vielleicht sowas wie ein Wappen? Und was war das für ein Unternehmen »Moore Group Schweiz«? Unter der kursiven Schrift stand »Liam Moore, Stv. Geschäftsführer«. Ich senkte meine Arme und stützte mich mit beiden Händen auf die Küchenablage.

Leise drangen die Schläge der Kirchenuhr durch die Ritzen des maroden Hauses.

Ich schlenderte ins Schlafzimmer und nahm das Handy vom Nachttisch. Bevor ich noch irgendwas tun konnte, was ich später bereuen würde, ließ ich mich rückwärts aufs Bett fallen und starrte an die Decke.

Eigentlich wollte ich mich nicht mehr bei ihm melden. Doch seit dem gestrigen Überfall fühlte sich diese Entscheidung falsch an. Ich wollte mir die Neugier verweigern, die ich für Liam empfand. Mich schützen vor womöglich noch mehr Schmerz, doch schlussendlich wäre es ein Sieg für Ron. Er wollte, dass ich mich nicht mehr mit ihm treffe. Wenn ich das also tat, machte ich genau das, was er wollte. Was wiederum hieß, dass er noch immer über mein Leben bestimmte.

Die Wut lag wie ein Stein in meinem Magen. Er hatte kein Recht, über mein Leben zu bestimmen. Nein, das hatte er nicht!

4

Schon seit gestern Abend überlegte ich mir, ihm zu schreiben, doch so ein *Hallo, wie geht denn so?* klang einfach nur lasch. Ich brauchte einen richtigen Grund. Etwas Handfestes.

Gefühlte zwanzig Mal hatte ich mein Handy in der Hand gehalten, fing sogar einmal an zu tippen, löschte den angefangenen Text wieder und legte es murrend auf die Seite.

Doch genau hier und jetzt, als ich an der Theke stand und in das Gesicht dieses unentschlossenen Gastes starrte, fiel mir mein Fahrrad wieder ein. Es hatte am Wochenende einen platten Reifen, daraufhin hatte ich ein Ersatzteil gekauft. Natürlich wusste ich, wie ich es reparieren konnte, und doch war es genau die Art von Grund, die ich brauchte, um mich bei ihm zu melden.

Ich konnte kaum zusehen, wie der Mann vor mir zögerlich immer wieder mit dem Finger über die Menükarte strich. Am liebsten hätte ich ihn geschüttelt, ihm gesagt, dass ich auch noch anderes zu tun hätte.

Halb joggend brachte ich den Bestellzettel in die Küche, sprintete auf die Toilette und tippte endlich die Nachricht.

Hallo Liam, brauche Experten um einen Ventileinsatz auszutauschen.

Lola

Mein Herz pochte wie verrückt, als mein Finger auf *Senden* drückte. Schnell steckte ich es zurück in die Schürze und schwor mir, es bis Schichtende dort zu lassen.

Mit einem nervösen Flattern im Magen wackelte ich zurück ins Restaurant. Am liebsten hätte ich mein Handy auf einen Tisch gelegt und draufgestarrt.

Gedankenverloren sah ich mich im Raum um. Der Typ an Tisch zwei hielt die Hand hoch. Moira, die neben mir durchstürmte, zwickte mich in den Oberarm. »Da will einer bezahlen.«

Vor mich hinträumend, brachte ich ihm die Rechnung. Als ich sie vor ihm auf dem Tisch legte, vibrierte es in meiner Schürze.

Erinnere dich – du wolltest es erst nach Schichtende ansehen. Erinnere dich, erinnere dich ... nein, das funktioniert nicht.

Nervös fuhr ich mir mit der rechten Hand über die Haare, während ich den Gast beim sortieren der Münzen beobachtete. Eine nach der anderen, so als würde er es darauf anlegen, mich in den Wahnsinn zu treiben.

Ein Blick nach links und einer nach rechts, dann machte ich eine erneute Kehrtwende zur Toilette.

Beim Fahrrad? Kenn mich nur mit Autos aus.

Liam Moore

Nicht gerade die Antwort, die ich mir erhofft hatte. Was würde er wohl schreiben, wenn ich ihn mit seinen eigenen Aussagen neckte? Lächelnd tippte ich:

Ja, beim Fahrrad. Da hast du aber eine riesige Wissenslücke, ^^ Liam Moore.

Lola

Kaum war ich zurück im Restaurant, vibrierte es erneut in meiner Schürze. Versteckt las ich die Nachricht, während ich mich hinter der Bar nach einem Weinglas bückte.

Du bist ganz schön frech.

L.M.

Hat er das lachende Emoji nicht verstanden?
Auf einmal wurde mir etwas flau. Vielleicht hatte ich es zu weit getrieben, oder er verstand doch nicht so viel Spaß, wie ich dachte. Auf jeden Fall musste ich das richtigstellen.
Mit verzogenem Gesicht hielt ich die Hand auf

den Bauch und winkte Moira, meine Tische zu übernehmen.

»Geht es dir nicht gut?«, flüsterte sie mit gekräuselter Nase. Flunkernd biss ich die Zähne zusammen und nickte leicht, bevor ich erneut auf der Toilette verschwand. Ich wollte gerade zu einer Erklärungsnachricht ansetzen, als der Bildschirm erneut aufleuchtete.

Das gefällt mir. Also, wann soll ich das Ding austauschen?

L.M.

Erleichtert atmete ich aus. Er hatte es also doch richtig verstanden, und er wollte mich wiedersehen. Ein überraschend zufriedenes Kribbeln machte sich in meinem Bauch bemerkbar. Ich war mir zwar noch immer nicht sicher ob es richtig war, mich bei ihm zu melden, doch trotzdem fühlte es sich gut an, es getan zu haben. Ich fragte mich, ob etwas, das sich so anfühlte, überhaupt falsch sein konnte? Ehrlich gesagt, hatte ich keine Ahnung, aber ich war bereit es herauszufinden.

Nachdem er mir den Samstagabend bestätigt hatte, ging ich zurück ins Restaurant.

Die Woche verging wie im Flug, und ehe ich mich versah, stand ich wieder völlig planlos vor meinem Kleiderschrank. Für die Auswahl meiner Garderobe brauchte ich mal wieder eine halbe Ewigkeit. Angespannt strich ich mit den Händen über meine Haare und zog die Lippen mit etwas Glanz nach. Die Jeans mit der roten Schlabberbluse war zwar nicht gerade das Date-Outfit schlechthin, aber immerhin fühlte ich mich gut darin.

Beim Erklingen der Türglocke setzte mein Herz für einen Schlag aus. Ich brauchte zwei tiefe Atemzüge bevor ich, den Griff umklammernd, öffnete.

Als er mich sah, klatschte er in die Hände. »So, und wo ist jetzt der Patient?« Sein motiviertes Strahlen schwappte auf mich über. Er kam auf mich zu und drückte mir drei sanfte Küsse auf die Wangen.

»Und du weißt auch ganz sicher, was zu tun ist?«, fragte ich, während seine Nähe mich ganz schön nervös machte. Er zog eine Braue hoch und lächelte schief. In einer stummen Konversation drückte ich ihm das Ersatzteil in die Hand und führte ihn zu meinem Drahtesel in den Abstellkeller.

Beeindruckt beobachtete ich, wie er völlig hemmungslos anfing, die Reifen zu kontrollieren. Wie er mit seinen perfekt gestylten Haaren, dem blauen Kragenhemd und den dunklen Tretern anfing, an dem Rad rumzuschrauben, sah schon etwas ungewöhnlich aus – aber gleichzeitig machte es ihn auch noch attraktiver.

Nachdem er fertig war, umklammerte er den Lenker, drückte leicht dagegen und schob das Rad eine Runde um seinen Körper. Dann bückte er sich noch mal mit dem Fokus auf das Ventil. »Jetzt funktioniert es wieder.« Er sah strahlend zu mir hoch. »Was denkst du? Bist du zufrieden mit meiner Arbeit?«

Ich legte den Finger neckend ans Kinn und begutachtete mein Fahrrad skeptisch. »Das kann ich dir erst nach einer Testfahrt sagen.«

Ein verräterisches Schmunzeln überflog seine Augen, ehe er seine Hände unter dem Wasserstrahl des Keller-Waschbeckens abrubbelte. Mit einem abwägenden Ausdruck in den Augen hielt er mir seine Hand entgegen, als wir vor dem Haus standen. Ich kniff die Augen zusammen und überlegte für einen Augenblick, das Angebot erneut auszuschlagen. Doch mit dem angenehmen Kribbeln der Leichtigkeit, die ich bei ihm empfand, entschied ich mich dann doch für etwas Körperkontakt.

»Wohin entführst du mich?« Er zuckte mit den Schultern und führte mich auf den Vorplatz. Der Ford Mustang stand glänzend in der Einfahrt des Hauses, und auch wenn ich es nicht wollte, konnte ich meinen Blick nicht von dem Wagen abwenden.

Die Fahrt durch Baden verlief in gemächlichem Tempo. Anders wäre es auch kaum möglich gewesen, denn es wimmelte nur so von Autos, Fußgängern und Fahrradfahrern. Erst als wir auf den Beschleunigungsstreifen der Autobahn einbogen, gab er Gas. Der Motor brummte auf, und mir wurde fast übel. Mit kurzen Luftzügen versuchte ich die Fassung zu bewahren. Ich wollte auf keinen Fall wie ein Feigling wirken, auch wenn ich mich zu gerne über die Geschwindigkeit beschwert hätte. Ich hoffte einfach inständig auf einen Stau, der natürlich nie kam.

Er nahm die Abzweigung Richtung Chur, soweit konnte ich mich noch orientieren. Irgendwann verließen wir die Autobahn und fuhren noch ungefähr fünfzehn Minuten, bis wir über eine überschaubare Lichtung das Ufer des Zürichsees erreichten.

Bei einem kleinen Anleger, parkte er den Wagen auf einem Kiesplatz. Er eilte um das Gefährt, öffnete mir die Beifahrertür und half mir auszusteigen. Anstatt meine Hand loszulassen, glitten seine Finger in meine, während ich die Umgebung musterte.

In rhythmischen Abständen lief ein niedriger Wellengang auf den Strand des Ufers auf. Die Luft roch nach frischem Wasser, und Vögel kreischten über unseren Köpfen. Vor uns erstreckte sich ein langer Holzsteg, der ins Wasser ragte. An den Seiten erhoben sich in regelmäßigen Abständen Pfosten, an denen eine weiße Yacht verankert war.

»Ist das deine?«, fragte ich verwundert.

»Nicht so ganz. Na los, komm!« Er zog mich mit sich und steuerte auf die Yacht zu. Mit einem Satz sprang er auf das Deck und streckte mir die Hand erneut entgegen.

Am Heck befand sich eine kleine Lounge mit dunkelbraun schimmernden Kissen und ein edler, mit Holzfasern durchzogener Tisch. Auf dem Stoff der Kissen erkannte ich das gleiche Wappen wie auf Liams Kontaktkarte.

»Ist alles in Ordnung?«, fragte er besorgt.

Ich erwachte aus meiner Starre, in die ich mich unmerklich zurückgezogen hatte. »Ja, ja, alles ist … sie ist wunderschön.« Ich konnte meine Bewunderung nicht zurückhalten, noch nie hatte ich an Deck eines solchen Schiffes gestanden.

Seine Augen leuchteten mich an. »Das Beste hast du noch nicht gesehen.«

»Ach, was?«

Er führte mich, vorbei an der Lounge, zu einer weißen Tür, hinter der sich eine Kajüte verbarg. Um sich nicht den Kopf zu stoßen, bückten wir uns und betraten das kleine Schlafzimmer, in dem es nach frischen Frottiertüchern roch.

»Das ist mein kleines Reich, hier hause ich, wenn ich mal wieder meine Ruhe brauche.« Die letzten Worte murmelte er vor sich hin.

»Sehr gemütlich.«

Die Kajüte war zwar ziemlich schmal, doch durch das dunkel glänzende Holz und die kleinen Spots an der Decke wirkte sie behaglich und ruhig. Definitiv ein Ort, an dem auch ich mich entspannen könnte.

Wir bückten uns und gingen zurück zur Lounge. Ich ließ mich auf eines der Kissen fallen und beobachtete die Wellen die leicht an die Yacht schlugen. Die Sonne stand so tief, dass man ihr nicht mehr entfliehen konnte. Zwei Schwäne verschwanden in majestätischen Bewegungen hinter dem Bug des Schiffes.

Ich schloss die Augen und sog die frische Seeluft in mich ein.

»Willst du was?« Er stellte eine Flasche Sekt und zwei Gläser auf den Tisch.

Ich nickte ihm zu. »Wem gehört die Yacht?«

»Die gehört meinem Vater.«

»Was ist die Moore Group für ein Unternehmen?«

Während der Sekt ins Glas floss, sah er zu mir hoch. »Du hast die Karte studiert?«

»Da stand deine Nummer drauf.«

»Richtig.« Er setzte sich neben mich und schob mir eines der Gläser zu. »Immobilien, ein Familienunternehmen. Mein Vater kommt ursprünglich aus Los Angeles.« Er hob das Glas, um mit mir anzustoßen.

»Und wieso ist er in die Schweiz gekommen?«

In seinen Mundwinkeln bildeten sich kleine Falten. »Wegen meiner Mutter.« Sein Blick schweifte auf das Glas in seiner Hand. »Er besitzt noch zwei Unternehmen mit Hauptsitzen in Beverly Hills und Long Beach. Mein Bruder lebt da unten, er führt mit einem Freund meines Vaters die beiden Firmen.«

»Und du bist sowas wie …?«

»… der Assistent meines Vaters, ja, genau.« Wir mussten beide lachen.

Die Sonne verschwand hinter den Hügeln und ließ ein unglaubliches Schauspiel zurück. Das Blau des Himmels verfärbte sich leicht rosa und verschwand in einem stechenden Gelb am Horizont. Von den treibenden Booten konnte man nur noch die Umrisse erkennen. Flugzeuge hinterließen ein Netz aus weißen Linien am Himmel, und der Mond hing wie eine kleine Sichel am Firmament.

»Kommst du mit schwimmen?«

»Was, jetzt?«

Er stand auf und fing an, seine Schuhe auszuziehen. »Komm schon.«

»Aber ich habe nichts anzuziehen.«

»Keine Sorge, das stört mich nicht.« Er zwinkerte mir zu und zog sich dann, ohne abzuwarten, das Shirt über den Kopf.

Ich sah verlegen auf den Boden und dann wieder zurück zu ihm. Sein Körper wirkte sportlich, und im Übergang von den Schultern zu den Oberarmen zeigten sich zarte Sommersprossen.

Er sah zu mir rüber, während er an seiner Gürtelschnalle rumhantierte. »Worauf wartest du?«

Seine Worte ließen meinen Körper zu Stein verhärten, ganz im Gegensatz zu Liam, der sich in den schwarzen Diesel-Boxershorts an den Rand der Yacht stellte. Das Wasser spritzte bis aufs Deck, als er in einem riesigen Satz auf der Oberfläche aufprallte.

Ich sprach mir selbst Mut zu. »Lass dich fallen, lass dich fallen, lass dich fallen«, flüsterte ich. Mann ... das konnte doch nicht so schwer sein.

Ich drückte meine Hände gegen das Kissen und stand auf. Mein Gesicht brannte, als ob ich mir einen Sonnenbrand eingefangen hätte. Dankbar hielt ich es gegen den lauen Wind.

Es ist ganz einfach. Ich musste nur die Hose und das Shirt ausziehen. Wie im Schwimmbad. Wobei ich das schon nicht mochte. Gut, wenigstens hatte ich mich für die richtige Unterwäsche entschieden.

Mit zitternden Händen öffnete ich die Knöpfe meiner Bluse. Zuerst sah ich, wie er mich beobachtete, dann drehte er sich abwartend in die andere Richtung. Über eine Treppe tauchte ich zuerst die Füße ein und sank dann bis zur Taille ins kühle Nass.

»Bist du schon drin?«

Ich hielt mir die Nase zu und ließ mich fallen. Meine Muskeln zogen sich krampfartig zusammen. Schnelle flache Atemzüge schossen durch meine Lunge. Ich paddelte heftig, bis sich mein Körper an die Temperatur gewöhnt hatte.

»Bin drin!«

Er drehte sich zu mir. »Ich komme jetzt, okay?«

Ungefähr zwei Meter vor mir stoppte er. Ich zog meine Hände zur Brust und schob sie nach vorne, sodass ein Schwall Wasser in seinem Gesicht landete.

»Na warte«, er schwamm auf mich zu, und bevor ich flüchten konnte, packte er mich um den Bauch, »dafür wirst du bestraft.«

Ich quiekte und prustete, als er mich an sich zog, dann drehte ich mich in seinen Armen und drückte meine Hände gegen seine Brust. Doch ich hatte

keine Chance, er war einfach zu stark. Als ich nachgab, lockerte er seinen Griff ebenfalls.

Wir lachten noch immer, als ich meine Hände
auf seinen Schultern ablegte. Ich sah ihm in die Augen, und mit dem Treffen unserer Blicke wich das
Lachen einem sanften Kribbeln. Mein Herz fing an
zu pochen, als ich seine Hände an meinen Hüften
spürte. Sein Atem ging schnell, schneller als meiner. Ja, ich vergaß sogar für einen Augenblick zu
atmen, doch mein Gehirn erinnerte mich mit einem
ziehenden Impuls daran. Sein Blick blieb für eine
Weile an meinen Lippen hängen, ehe er mir wieder
in die Augen sah. Ich erkannte in seinem Ausdruck
das gleiche Verlangen, dass auch in mir loderte.

Er legte die Hand an meinen Nacken, streifte mit
den Fingern bis zu meinem Haaransatz und drückte
kaum fühlbar dagegen. Ich schloss die Augen und
ließ mich von ihm führen. Als ich seinen warmen
Atem auf meinen Lippen spürte, jagte ein unerwar-
teter Schüttelfrost durch meinen Körper. Er zuckte
leicht zurück. »Frierst du?«

»Ein bisschen.«

Er ließ sachte von mir ab und zog mich mit sich,
zurück zur Leiter. Dann hievte er sich aus dem
Wasser, rannte ins Innere der Kajüte und kam mit
zwei weißen Bademänteln zurück. Einen der Män-
tel schwang er über meine Schultern, den zweiten
wickelte er um seinen Körper. Etwas zögernd ließ
er seine Hände über meine Arme gleiten, bevor er
mich behutsam an sich drückte. »Geht's wieder?«

»Ja«, hauchte ich an seiner Schulter.

Zärtlich fuhren seine Finger über meinen oberen Rücken. Sein Körper fühlte sich warm an, und er roch nach einer Mischung aus einer leichten Prise seines Parfums und dem frischen Seewasser. Ich schloss die Augen und konzentrierte mich auf die kleinen Blitze, die seine Berührungen durch meinen Körper jagten. Er legte die rechte Hand auf meinen Kopf und streichelte über mein Haar, dann spürte ich seine Lippen auf meinem Haaransatz. Von meiner Intuition geleitet, legte ich mit geschlossenen Augen den Kopf in den Nacken, und gerade als ich das tat, trafen sich unsere Lippen. Wir pressten sie aufeinander, als gäbe es kein zweites Mal, und als ich seine Zunge spürte, ließ ich ihn gewähren. Während wir uns leidenschaftlich küssten, drückte er mich noch näher an seinen Körper. Eine Hand hatte er erneut in meinen Haaren vergraben, die Bewegungen seiner Finger prickelten meinen Rücken entlang.

Ich hatte das Gefühl, die Welt hätte für einen Augenblick aufgehört sich zu drehen. Es war nur ein Moment – ein viel zu kurzer, denn er ließ tief atmend von mir ab. »Tut mir leid.« Er legte sich drei Finger auf die Lippen, als müsste er sich dazu zwingen, damit aufzuhören.

»Habe ich etwas falsch gemacht?«, fragte ich entrüstet.

Er sah mich mit großen Augen an. »Nein, nein, das hast du nicht.« Dann legte er meine Hände in seine und sah mich mit schiefem Kopf an. »Ich entschuldige mich und du denkst, du hättest etwas falsch gemacht?«

Sein Lächeln erwidernd, zog ich meine Schultern in den Nacken.

»Komm, ich will dir etwas zeigen.«, sagte er schließlich und zuckte dabei mit dem Kopf. Wir tappten auf einem ungefähr ein Meter schmalen Weg in Richtung Bug. Auf einer Bugwölbung waren zwei weiße Matratzen eingearbeitet. Liam schwang sich auf eine und winkte mich zu sich. »Komm schon, leg dich hin.«

Sachte wollte ich mich gerade neben ihm platzieren, als er seinen Arm um mich legte und mich auf sich zog, sodass ich den Kopf auf seiner Brust ablegen konnte.

Über uns glitzerten tausende kleine Lichter.

»Wunderschön«, flüsterte ich.

»Hier saß ich immer mit meinem Bruder, als wir noch klein waren.« Seine durch den Bademantel blitzende Brust hob sich leicht mit den Schlägen seines Herzens. »Was denkst du, was da oben ist?«

»Laut meinen Eltern Gott.«

Seine Hand gab einen schwachen Impuls gegen meinen Oberarm. »Und was meinst du?«

»Ich weiß nicht. Vielleicht sowas wie Gott, einfach ohne den langen grauen Bart.«

»Meinst du nicht den Weihnachtsmann?«, murmelte er spottend.

Ich boxte ihm leicht gegen die Brust.

»Bist du glücklich?«, flüsterte er, während er die Hand über meinen Rücken gleiten ließ.

»Jetzt gerade ja.«

»Clever ausgewichen.«

»Bist du es?«, ich sah zu ihm hoch. »Ich meine, glücklich?«

Er wich meinem Blick aus, indem er mich noch näher an sich drückte. Ich konnte seine Lippen auf meinem Kopf spüren, es fühlte sich an, als ob er sie in meinen Haaren vergrub.

»Weißt du, ich habe alles, was man sich wünschen kann, aber manche Dinge sind ... Meine Eltern haben große Erwartungen an mich.« Er atmete tief, und ich konnte fühlen, wie sich sein weicher Körper zusammenzog.

»Was macht dich denn glücklich?«

Er nahm einen Atemzug, erstickte ihn dann aber gleich wieder. Es dauerte sicherlich zwei Minuten, bis er anfing zu sprechen. »Das wurde ich noch nicht oft gefragt. Ich denke, die Arbeit an meinem Wagen, die macht mich glücklich. Aber meine Eltern mögen es nicht, wenn ich das tue.«

»Wieso denn nicht?«

Er lachte etwas verlegen. »Sie sagen immer, ich hätte sie zu viel gekostet, um meine Zeit mit solchen Dingen zu vergeuden.«

»Wie meinen sie das?«

»Meine Eltern haben mich in eines dieser Schweizer Elite-Internate gesteckt, ich habe praktisch meine ganze Jugend da verbracht ...« Sein Bademantel hob sich mit einem tiefen Seufzer. »… und das war nicht ganz günstig.«

Ich streichelte über seinen Handrücken. »Das hört sich nicht so an, als ob du gerne dort gewesen wärst?«

»Nein«, entgegnete er trocken, »aber ich denke nicht, dass es an dem Ort lag. Es lag wohl eher daran, was er zu bedeuten hatte.« Er hob seine Hand und streifte mir zärtlich eine Haarsträhne hinters Ohr. »Das höchste Ziel meiner Eltern war es immer, ihre Söhne zu erfolgreichen Nachfolgern für ihre Firma zu erziehen. Die Zukunft der Moore Group lag schon in den Händen von meinem Bruder und mir, bevor wir geboren waren. Es gab eine Zeit, da hat mich diese Tatsache in eine Art Rebellion getrieben.« Er lachte auf. »Ich weiß nicht, was teurer war, das reguläre Schulgeld oder die Strafen wegen unangebrachten Benehmens.«

»Aber du arbeitest doch heute für das Unternehmen? Wieso tust du das?«

»Na, weil es nie infrage kam, es nicht zu tun. Auch wenn ich mich dagegen auflehnte, bedeutete das nie mehr als ein Sturm im Wasserglas, verstehst du das?«

»Ja, nein … ich weiß es nicht.«

»Schon okay, jeder hat doch seine Verpflichtungen, ist es nicht so?«

Es hörte sich an, als ob er sich mit der ganzen Sache abgefunden hätte. Doch ich spürte, dass er mit der Situation nicht im Reinen war.

Ich dachte immer, meine Eltern wollten mir etwas aufzwingen, doch seine Geschichte erreichte noch mal eine ganz andere Dimension. Dass er einen solchen Druck ertragen musste, hinterließ ein unangenehm bitteres Gefühl in meinem Mund. Unweigerlich fragte ich mich, was seine Eltern bloß für Menschen sein mussten?

»Wieso magst du mich?«, fragte ich, um die gedrückte Stimmung etwas aufzuheitern.

Er hustete, als ob er sich an meinen Worten verschluckt hätte. »Wer sagt denn, dass ich dich mag?«

»Na gut, dann gehe ich wohl besser.« Ich tat so, als ob ich aufstehen würde, da hielt er meinen Arm und zog mich zurück. »Okay, okay, ich mag dich.«

Abwartend sah ich zu ihm hoch.

»Du bist …«, er richtete seinen Blick zum Himmel, »… unheimlich attraktiv. Hauptsächlich deswegen.« Dann zwickte er mich sanft in den Arm. »Nein, natürlich nicht. Ich mag deine Bescheidenheit. Ich kenne wenige, die so …, wenn ich mir das richtig überlege, kenne ich niemanden, der so ist wie du. Auf jeden Fall wurde ich bei einem Date noch nie gefragt, ob wir das Fahrrad nehmen könnten.« Seine Gesichtszüge verzogen sich wieder zu diesem frechen Grinsen, das mich so um den Verstand brachte.

Er verpackte das Kompliment auf seine Weise, aber ich wusste, dass es ernst gemeint war.

Wortlos legte ich mich zurück auf seine Brust.

Ihm so nahe zu sein, fühlte sich unwahrscheinlich gut an.

»Bleibst du heute hier?«

»Würdest du mich noch nach Hause fahren?«

»Niemals«, gab er genauso leise zurück.

»Dann bleibe ich.«

Die Yacht bewegte sich behutsam in der Strömung. Durch das rhythmische Auf und Ab knarzten die Wände.

Fast hätten sie mich wieder in den Schlaf gewiegt. Doch irgendwas drängte mich aufzustehen. Meine Augen suchten den Raum ab, doch ich konnte ihn nirgends entdecken. Er hatte sich gestern Nacht auf die andere Seite des Bettes gelegt – da war ich mir ganz sicher.

Meine Unterwäsche hing an einem metallenen Bügel, der an der Wand befestigt wurde. Ich öffnete den Bademantel und zog sie mir über. Der noch feuchte Stoff verpasste mir eine Gänsehaut. Ich hockte mich zurück aufs Bett und rieb mit den Händen über mein Gesicht.

Die Bilder von gestern Abend schossen mir durch den Kopf. Was war passiert? Es musste doch möglich sein, einen klaren Gedanken zu fassen. Wir hatten uns geküsst, geredet und waren dann schlafen gegangen. Also kein Grund zur Panik. Da war nichts Verwerfliches, nur dieses unbändige Kribbeln, das sich allmählich in jeder Pore meines Körpers bemerkbar machte.

Ich legte die Hand auf die Stirn und schloss die Augen.

Eine leise Stimme ertönte durch die Kabinentür. Oder waren es zwei? Angespannt versuchte ich etwas zu verstehen.

Schleichend erreichte ich die Tür und öffnete sie einen Spalt. Ich verstand die Worte nicht, aber der Tonfall hörte sich heftig an. Auf nackten Fußsohlen tappte ich drei Schritte weiter, sodass ich um die Ecke schauen konnte. Liam stand mit dem Rücken zu mir.

»Was zum Teufel soll das?«, schrie eine Frau mit blondem Haar und knallroten Lippen. Sie stand auf dem Steg und fuchtelte wie wild in seine Richtung. Ich schätzte sie ein bis zwei Jahre älter, wobei ich mir nicht sicher war, ob das an ihrer Erscheinung lag. Sie trug einen weißen Hosenanzug, hohe Riemchensandaletten und eine massive silberne Halskette, die in der Sonne glitzerte.

Immer wieder ging sie auf ihn los. Er versuchte sie zu beruhigen. »Ich komme nachher nach Hause, dann erkläre ich dir alles.«

Wie angewurzelt stand ich da und spürte, wie ein unangenehmer Druck in mir aufstieg. Verwirrt versuchte ich zu verstehen, was ich nicht verstehen wollte. Was ich nicht glauben wollte. Hatte er eine Freundin? Das hieße, dass er dabei war, sie zu betrügen und mich dafür … benutzte? Wie gebannt hörte ich zu, wie er sie abzuwimmeln versuchte, bis das Klackern von Absätzen auf dem Holzsteg ertönte. Eine Wagentür knallte zu, und kurz darauf rauschte ein roter Porsche um die Ecke.

Ich schlich auf Zehenspitzen zurück ins Zimmer, legte mich aufs Bett und schloss die Augen. Es vergingen einige Minuten, bis er die Türklinke drückte. Seine Füße tappten auf die andere Seite des Bettes. Eine leichte Erschütterung erreichte mich. Sanft legte er seine Hand auf meinen Oberarm. »Bist du wach?«

Ich rieb mir die Augen mit den Ärmeln des Bademantels, »Gerade aufgewacht«, log ich mit schwitzenden Händen.

Er rückte etwas näher und drückte seine Lippen an meine Stirn. Meine Augenlider zuckten bei seiner Berührung. Ich wollte wissen, wer sie war, doch all die Worte, die ich hätte sagen wollen, blieben mir im Hals stecken. Zu schwer fühlte sich die Last der vermeintlichen Wahrheit an. Stattdessen wollte ich nur noch nach Hause. Mich in meiner Wohnung verkriechen und diese ganze Sache vergessen.

Seine Augen wirkten besorgt. »Ist alles in Ordnung?«

»Ja, alles in Ordnung«, entgegnete ich schnell und entzog ihm dabei meinen Arm. »Ich muss noch einiges erledigen, könntest du mich nach Hause fahren?«

Ein mulmiges Gefühl bahnte sich den Weg durch meinen Bauch. Was gerade passiert war, veränderte alles, und das innerhalb weniger Minuten. Gerade als ich dachte, wir wären einen Schritt aufeinander zugegangen, hatte ich das Gefühl, schleunigst zwei rückwärts machen zu müssen.

Pfosten, Autos, Bäume und jede Menge Häuser. Alles rauschte in einem Höllentempo an uns vorbei. Vielleicht war es tatsächlich besser, nichts zu sagen. Er sah es wohl auch so, denn die Fahrt verlief wortlos. Es war, als hätte jemand den Schalter ausgemacht und all die schönen Stunden vom Vortag in eine Schublade gesteckt, abgeschlossen und den Schlüssel verschluckt. Das Ganze fühlte sich zu schmerzhaft an, um es laut auszusprechen, und doch wünschte ich mir irgendwo in meinem Innersten, er hätte meine Hand genommen und eine plausible Erklärung abgeliefert. Aber das tat er nicht. Stattdessen schwiegen wir, bis wir vor meinem Haus hielten.

Er öffnete die Tür, streckte mir die Hand entgegen und zog mich aus dem Wagen.

Am liebsten hätte ich ihn an mich gerissen. Ihm gesagt, dass es mir egal war, wer sie war. Aber ich konnte es nicht. Denn es war nicht egal. Und so ließ ich seine Hand los und trat einen Schritt zurück. »Danke für die schöne Zeit.«

»Und das war's jetzt?«, fragte er ungläubig.

Ich sah ihm in die Augen und zog meine Schultern hoch. Er lächelte verlegen und nickte leicht. Dann trat er einen Schritt nach vorne, und auch wenn ich es nicht wollte, ließ ich es zu, dass er seine Hand an meine Wange legte. Mit den Fingerspitzen gab er leicht Druck, als ich seine Lippen auf der anderen Seite spürte. »Ich würde mich freuen, wenn du dich meldest.«

Auch wenn mein Herz *Ja* schrie, wusste ich, dass es nicht richtig sein würde.

5

Die Sache mit Liam lag mir wie ein Stein im Magen. Ständig schweiften meine Gedanken ab. Selbst im Don's konnte ich an nichts anderes denken. War sie wirklich seine Freundin? Ich konnte einfach nicht glauben, dass ich mich in ihm so getäuscht hatte. All die Gespräche und diese liebevolle Wärme, die er mir entgegenbrachte. Das alles soll gespielt gewesen sein?

Gerade so balancierte ich das Tablett auf Tisch vier. Beinahe wäre es dem Gast samt Gläsern auf dem Schoß gelandet. Und dass, nachdem Tisch drei die Crevetten von Tisch fünf erhalten hatte. Don, der sich mal wieder hinter der Bar verschanzt hatte, starrte mich finster an. Dass er mich dabei beobachtete, machte es nicht gerade leichter.

Mit zitternden Gliedern schlängelte ich mich durch die Gänge. Mama Donna schrie aus der Küche nach dem Service, und Don hämmerte mit dem Glas auf den Tresen. Ich verstand den Hinweis und stürmte in Richtung Küche. Mein Blick schweifte auf den Bestellblock. Es war nur ein kleiner Moment der Unachtsamkeit. Sie kam aus der Toilette und tippte auf dem Handy rum. Mit voller Wucht knallten wir zusammen. Für eine Sekunde blieb mir die Luft weg. Mit wackeligen Beinen sah ich zu ihr hoch.

Nachdem mir die junge Frau versichert hatte, dass es ihr gut ginge, sah ich zu Don. Der presste seine geballten Fäuste gegen die Ablage des Tresens. Langsam hob er die Rechte und zeigte mit zitterndem Finger Richtung Küche. Natürlich meinte er sein spärliches Büro im hinteren Raum des Restaurants. Ich legte meinen Block und die Schürze auf die Küchenablage und eilte nach hinten.

Ein Wunder, dass neben dem massiven Schreibtisch noch ein alter Holzschrank Platz hatte. Und noch verwunderlicher war, dass der massige Don da vorbeikam. Ich setzte mich auf den Ikea-Stuhl und wartete.

Mein Handy vibrierte pausenlos in meiner Stoffhose. Irina versuchte mich zum x-ten Mal anzurufen, doch ich hatte bisher noch nicht den Nerv gehabt, mit ihr zu sprechen. Außerdem musste ich zuerst das Gewitter abwenden, das gleich hinter dieser Tür auf mich zukommen würde.

Dons Gesicht glühte, als er die Tür ins Schloss drückte. Er quetschte sich am Tisch vorbei, zog ein Stück Papier aus der roten Mappe und knallte es auf den Tisch. »Lesen und unterzeichnen.« Er tippte auf das Dokument.

Ich hob die Kündigungsandrohung auf und las mir die Einzelheiten durch. Die letzte Kraft entwich aus meinen Händen. Schlimmer konnte der Tag nicht werden.

»Don, ich ... es tut ...«

»Einfach unterschreiben.« Er hielt mir einen Füller entgegen. Mit krakeliger Schrift schrieb ich meinen Namen auf die gepunktete Linie.

Während der Stunden, die noch bis zum Feierabend blieben, starrte ich alle paar Minuten auf die Uhr. Ich wischte gerade mit dem Lappen über die Ablage des Tresens, als die Tür mit einem Knall fast aus dem Rahmen flog.

»Lolita, verdammt noch mal!«, röhrte eine Frauenstimme durchs ganze Restaurant. Völlig außer sich stürmte Irina auf mich zu. »Wieso nimmst du denn nie ab?« Ohne auf meine Antwort zu warten, quasselte sie auf mich ein. »Er ist im Krankenhaus.« Sie schnappte nach Luft. »Er wollte sich umbringen.«

Ein eiskalter Schauer lief mir über den Rücken. *Renn!* Das war mein erster Impuls. Denn ich wollte es nicht hören. Doch meine Beine verankerten sich wie zwei Baumstämme im Boden. Ich konnte keinen Schritt machen.

»Er hat getrunken, sich auf die Gleise gelegt und ...«

»Von wem sprichst du?«, unterbrach ich sie stotternd.

»Ron«, las ich von ihren Lippen ab.

»Seine Mutter wollte dich anrufen. Doch du nimmst ja nie ab! Sie hat gedacht, du wärst vielleicht bei mir«, wild gestikulierend suchte sie nach

Worten. Ich sah, wie sich ihr Mund bewegte, doch es war, als hätte jemand den Ton abgestellt. Wie in Trance schaute ich in das schwarze Loch, das sich vor mir auftat. Jeder Versuch irgendeiner Regung wurde in meinem Hirn blockiert. Irina packte mich an den Schultern und schüttelte mich. »Das ist jetzt ein Notfall. Komm schon! Das ist ein Notfall.« Sie riss mich mit sich. Don brüllte ein unverständliches Gebrabbel hinter uns her. Doch das war jetzt sowieso egal.

Die Reifen quietschten um die Kurve. Straßenlampen flitzen an uns vorbei. Einmal fuhren wir sogar über Rot. Die Vollbremsung drückte mich gegen den Gurt. Sie stürmte um den Wagen, öffnete den Gurt und riss mich aus dem Sitz.

Ich hörte nur das Donnern meines Herzschlages. Er bahnte sich den Weg über meine Ohren in den Kopf. Die Muskeln in meinen Beinen versagten. Mit dem Arm über ihrer Schulter schleppte sie mich durch den Krankenhausflur. Eine zierliche Frau mit weißen Haaren hockte zusammengekauert im Flur. Als sie mich sah, sprang sie auf und eilte auf mich zu.

»Maggie, ich wollte das nicht. Ich wollte das nicht«, stammelte ich, als sie mir in die Arme fiel.

Wieso hörte sie mir denn nicht zu?

Sie drückte mich mit aller Kraft an sich. Ihre Finger krallen sich an meinem Rücken fest. Ihre Augen glänzten rot unterlaufen. »Ich weiß, Liebes.«

Ich wurde von den beiden in ein Zimmer gebracht und auf einen Stuhl gesetzt.

Mit zitternder Stimme erzählte Rons Mutter mir, wie ein junger Mann ihn im letzten Moment von den Gleisen gezerrt hatte, ein einfahrender Zug seine linke Schulter erwischte und wie er von dem jungen Passanten heldenhaft wiederbelebt worden war. Jede kleinste Einzelheit. Und ich saß nur da und starrte in ihre verheulten Augen. Wie konnte er ihr das antun? Und wie zum Teufel konnte er mir das antun? Das Blut sammelte sich in meinem Gesicht, während ich meine Fäuste auf den Beinen ruhen ließ. Er hatte tatsächlich eine Abwärtsspirale geschaffen, in die er uns alle mitriss. Dafür fand ich keine Worte mehr.

Nach einer gefühlten Ewigkeit betrat eine Ärztin mittleren Alters den Wartebereich. Sie unterhielt sich eine ganze Weile mit Maggie. Auf Maggis Gesicht konnte ich ein scheues Lächeln ausmachen. Sie sah zu uns, hob den Daumen und verschwand in der Tür. Eine weitere Stunde verging, in der ich mich von der einen Pobacke auf die andere wälzte. Irina trank bereits ihren dritten Kaffee aus dem weißen Automaten im Flur. Dankend lehnte ich ab, als sie mir Nummer vier unter die Nase hielt. Ich stand auf, drehte eine Runde um die Sitzreihe, griff nach einem dieser öden Klatschhefte und setzte mich wieder hin. Mein Blick schweifte zu Irina. »Kannst du damit bitte aufhören?«

»Womit?«

»Hör auf, mit dem Bein zu wippen.«

»Sag mal, was ist eigentlich dein Problem?«

Bevor ich antworten konnte, schossen unsere Blicke zu Maggie. Sie stand im Türrahmen und winkte mich zu sich. »Du kannst jetzt zu ihm.«

Ich schüttelte reflexartig den Kopf. Ihre rot unterlaufenen Augen beäugten mich. Das Lächeln entwich aus ihrem Gesicht,

»Wieso denn nicht?«

»Ich kann nicht.«

Sie kam auf mich zu und umfasste meine Hand. »Lola, bitte.«

Ich spürte, dass Irinas Blick wie ein Giftpfeil in meinem Rücken steckte. Am liebsten hätte ich mich umgedreht und sie angeschrien, doch Maggies Augen ließen mich nicht mehr los. Egal, was ich machen würde, es würgte mich sowieso. Ich konnte nicht mehr mit ansehen, wie ihr das Wasser in die Augen stieg.

»Na gut«, murmelte ich schlussendlich.

»Danke, Liebes.« Sie schlang ihre Arme um mich. »Er ist in Zimmer 101.«

Ich schwor mir, dass nicht für Irina und schon gar nicht für Ron zu tun. Ich würde es für sie tun – für Maggie. Ich versuchte meinen Verstand auf Autopilot zu stellen. Denn was jetzt kam, richtete sich gegen jede Zelle meines Körpers.

Stocksteif lief ich den Krankenhausflur entlang. Meine Hände ballten und streckten sich im gleichmäßigen Rhythmus. Vor der Tür mit der silbernen dreistelligen Nummer machte ich Halt. Sachte klopfte ich dreimal, bevor ich die Türklinke aus dem Schloss drückte. Ein penetranter Geruch nach Desinfektionsmitteln schoss mir entgegen und das piepsende Geräusch eines Apparates hallte durch einen kurzen schmalen Gang.

Zögernd tappte ich einige Schritte, bis ich in einem farblosen Krankenhauszimmer stand. Ein Strauß orangefarbener Rosen stand auf seinem Nachtisch. Am Kopfende war ein Stuhl mit einem grauen Kissen platziert worden. Auf Zehenspitzen schlich ich ums Bett und ließ mich sanft fallen. Seine Augen waren geschlossen, und er atmete gleichmäßig. Als ich ihn da liegen sah, mit all den Schläuchen und Verbänden, wurde mir übel. Ich wusste nicht, was ich tun sollte, also saß ich einfach nur da und wartete. Es vergingen einige Minuten, bis er seine Augen öffnete. Ich nahm seine Hand und drückte leicht zu. »Ich bin es, Lola.«

Seine Finger blieben schlaff. Langsam drehte er den Kopf ganz leicht, sodass er mich im Augenwinkel sehen konnte. Ich ließ seine Hand auf die Matratze gleiten und setzte mich auf die Bettkante.

Einzelne seiner Haarsträhnen klebten in Büscheln zusammen, und um seine wässrigen Pupillen zogen sich tiefe Ringe.

»Ich bin so wütend auf dich.« Mein Blick schweifte zu seiner Hand. »Wie konntest du das tun? Deine Mutter, sie ...«, brach ich stockend ab. Seine Augen füllten sich mit Tränen.

Ich wollte ihn nicht zum Weinen bringen, aber ich war nicht in der Lage, die Situation schönzureden. Vielleicht hätte ich ihn aufbauen sollen. Oder ihm sagen, dass alles wieder gut werden würde. Aber mein Kopf sträubte sich vehement dagegen. Ich wollte nur, dass er wusste, was er getan hatte.

Durch die Muskulatur meiner Wangen zog sich ein taubes Gefühl. Nur das Blinzeln meiner Lider funktionierte noch. Ich sah ihm in die Augen und wartete vergebens auf eine Reaktion, die er gar nicht im Stande war auszuführen. Nach einer Weile des Schweigens entschied ich mich aufzustehen.

»Ich wünsche dir gute Besserung, Ron.« Dann drehte ich mich weg und steuerte in Richtung Ausgang.

Ein leises Wispern durchdrang den Raum. Ich drehte mich nochmals zu ihm. »Hast du was gesagt?«

»Es tut mir leid«, hauchte er kaum hörbar. Ich nickte ihm zu, bevor ich über den Gang durch die Tür verschwand.

Nachdem ich die Kündigung noch in derselben Woche aus dem Briefkasten gefischt hatte, wollte ich in den nächsten Tagen von niemandem mehr irgendetwas wissen. Und klar, noch nicht mal das war möglich. Irina quatsche mir die Mailbox voll, und als ich mich auch daraufhin nicht meldete, klingelte sie Terror. Ich entschied mich, die Schraube etwas zu lockern und nahm wenigstens mein Handy ab.

Im Gegensatz zu mir besuchte sie Ron fast jeden Tag, und natürlich musste sie mir brühwarm davon erzählen. Auch wenn ich am liebsten aufgelegt hätte, übte ich mich in Geduld.

Sie erzählte mir voller Elan von seinen Entzugsplänen, während ich mal wieder ein Déjà-vu hatte. Auf die Frage, wieso sie das tat, kriegte ich nur so halbe Antworten, wie: »Wer kümmert sich denn sonst um ihn, er ist ja ganz allein.« So hart es klang, war mir diese Tatsache völlig egal. Aber gut, sie hätte ansonsten womöglich ein schlechtes Gewissen gehabt, wenn sie den Kontakt einfach abgebrochen hätte. Vermutlich dachte sie, dass das was er getan hatte zu verhindern gewesen wäre, wenn sich nur jemand um ihn gekümmert hätte – anders konnte ich mir ihre Fürsorge nicht erklären.

Nach zwei Wochen wurde er dann tatsächlich in eine Klinik verlegt, und auch wenn es mich vielleicht ein kleines bisschen beeindruckte, sagte ich ihr kein Wort davon.

Mehr Bauchschmerzen als Irinas plötzliches Interesse an Rons Genesung machte mir das bevorstehende Gespräch mit Liam. Er hatte mich in den letzten zwei Wochen viermal versucht anzurufen. Ich drehte das Handy in den Händen und begutachtete es von allen Seiten. Zwei Wochen ohne ein Lebenszeichen. Ich wusste, dass ich den Zeitpunkt, mich zu melden, irgendwann vor einer Woche überschritten hatte.

Wie ein Tiger im Käfig zog ich meine Bahnen im Wohnzimmer.

Es noch weiter rauszuzögern, hatte keinen Sinn. Ich würde seine Nummer wählen, fragen ob wir uns treffen könnten, und die Wahrheit über mich ergehen lassen. Eine andere Möglichkeit gab es nicht, um Klarheit zu erlangen.

Entschlossen tippte ich auf den Hörer.

»Ja?«, meldete sich eine Frauenstimme.

Ich erschrak so heftig, dass ich, ohne etwas zu sagen, wieder auflegte. Mein Körper wurde auf einmal schwer wie Blei. Ich ließ mich aufs Sofa fallen und starrte an die Wand vor mir. Das war sie, da war ich mir ganz sicher. Es war die Stimme von der Frau vom Steg, und trotzdem suchte mein Hirn noch immer verzweifelt nach Alternativen.

Seine Schwester? Vielleicht hatte er einfach vergessen, sie zu erwähnen. Oder eine Cousine? Ja, genau, die Schwester des gegelten Protzes. Oder aber ... Ich schnappte durch meinen Mund nach Luft. Oder ich war eben doch bloß eine Abwechslung für ihn gewesen?

Es dauerte eine Zeit, bis ich mich in der Lage fühlte, ins Badezimmer zu wackeln, die Zähne zu putzen und mich danach wieder ins Bett zu werfen. Meine Glieder schmerzten höllisch. Ich kriegte nicht zusammen, was gerade passierte. Die letzten zwei Wochen fühlten sich an wie ein ganzes Jahr.

Ich presste die Lider zu und versuchte mich auf das Geräusch des auf dem Dach aufschlagenden Regens zu konzentrieren.

Am nächsten Morgen funktionierte ich wie eine Maschine. Mein Kopf hatte sich endgültig verabschiedet. Woran ich nicht dachte, war auch nicht real. Nach dem Motto brachte ich den Tag irgendwie über die Runden. Die Klamotten der letzten Nacht schlabberten noch immer an mir herunter. Ich hatte keine Kraft, mich umzuziehen, zu duschen oder etwas zu essen. Nur schon vom Gedanken an was Festes zog sich mein Magen zusammen.

Die Klingel der Haustür riss mich aus meiner Starre. Ich erwartete niemanden und wollte auch niemanden sehen.

Auf leisen Sohlen tappte ich zur Tür und schaute durchs Guckloch. Er hatte seinen Kopf gesenkt, sodass ich nur die rostbraunen Haare sehen konnte. Ich drehte mich mit dem Rücken zur Tür und sackte nach unten, bis ich auf den Fersen saß. Verkrampft schloss ich meine Augenlider und atmete tief durch.

Wieso war er hier? Musste er mich jetzt auch noch quälen?

Ein Klopfen ließ mich aufschrecken.

»Komm schon«, hörte ich seine leise Stimme. Wie es schien, hatte ich keine Wahl, er würde nicht lockerlassen. Also stand ich auf und öffnete die Tür.

Er stützte sich mit der rechten Hand an der Wand ab. Sein Kopf war gesenkt, doch seine Augen blickten zu mir. Hinter den glänzenden Pupillen versuchte er etwas zu verbergen. Etwas, das er genauso hüten wollte wie das andere Geheimnis. Doch in dem Moment, als wir uns in die Augen sahen, schien die Fassade Risse zu bekommen, und auch wenn er es nicht wollte, sah ich seine Zerbrechlichkeit.

»Ist sie deine Freundin?«, flüsterte ich.

Sein Blick richtete sich zu Boden. Mit der linken Hand fuhr er sich über den Nacken. »Hörst du mir zu, wenn ich es dir erkläre?«

»Ist sie deine Freundin?«, wiederholte ich bestimmter.

Er sah mir wieder in die Augen, presste die Lippen aufeinander und nickte leicht.

»Wieso hast du das getan?«

Er hob seinen Kopf. »Naja, also eigentlich finde ich ... Es ist ja nichts passiert, ich meine, zwischen uns.«

Was hat er da gesagt?

Ich fühlte, wie sich die Tränen in meine Augen pressten. Ja, wir hatten nicht miteinander geschlafen, aber unsere Verbindung hatte ich mir doch nicht nur eingebildet? Wie konnte er das sagen?

»Du findest also, da ist nichts zwischen uns?«, murmelte ich gequält vor unterdrücktem Schmerz.

Seine Gesichtszüge verkrampften sich, nervös schwankte sein Blick hin und her, so als würde er vergebens nach einem Ausweg suchen. »Lola, bitte, das funktioniert einfach nicht.« Er konnte mich kaum ansehen.

»Verstehe.«

»Aber lass es mich doch bitte erklären.« Seine bebende Stimme wurde mit jedem Wort leiser.

Es dauerte einen Moment, bis ich die richtigen Worte fand. »Was denn erklären? Es war doch gar nichts zwischen uns.«

Obwohl ich beinahe in Tränen ausgebrochen wäre, klang meine Stimme abgekühlt, und ohne seine weitere Reaktion abzuwarten, drückte ich die Tür ins Schloss und drehte den Schlüssel. Dann sackte ich wie ein Kartoffelsack zu Boden und presste die zu Fäusten geballten Hände gegen meine Augen. Tränen flossen meine Wangen hinunter und tropften vor mir auf den Boden.

Am liebsten hätte ich geschrien. *Wie konntest du mir das antun?* Ich war so wütend auf ihn, auf mein Leben und vor allem auf mich selbst. Was hatte ich mir bloß dabei gedacht, mich auf ihn einzulassen? Ich hatte es verdient, ich hatte den Schmerz selber verschuldet.

Mit einer Hand auf der Tür und der anderen auf meinem Mund schluchzte ich: »Mach's gut, Liam.«

Noch lange, nachdem die Schritte im Treppenhaus verstummt waren, saß ich zusammengekauert am Boden.

6

»Bist du bereit?« Irina stand mit verschränkten Armen im Türrahmen.

»Bin ich. Wie sehe ich aus?«

»Zum Anbeißen«, sie stützte die Hände in die Hüften und lief auf mich zu. »Ach, Lolita, ich kann dir nicht zuschauen, komm mal her.«

Mit einem Ruck rupfte sie mir die schwarze Krawatte aus der Hand, platzierte sie um meinen Hals und band sie zu einem Knoten.

»Ich bin so nervös.«

»Ach was, du schaffst das schon.« Sie krallte meine Hände. »Und wenn nicht, dann warst du wenigstens die attraktivste Kellnerin auf der Hochzeit.«

»Na, besten Dank.«

Lachend schlang sie ihre Arme um meine Schultern und drückte mich an sich.

Heute war es genau eine Woche her, seitdem ich mich bei ihr einquartiert hatte. Was hieß, dass genau drei Monate Kampf hinter mir lagen. Drei Monate, in denen ich mir die Seele aus dem Leib geheult und mehrere Tage in meinem Bett gehaust hatte, bis meine Kleider anfingen muffig zu riechen. Und als wäre das noch nicht genug, dauerte es auch exakt drei Monate, bis meine Geldbörse genauso leer war wie mein Kühlschrank.

Irgendwann wusste ich, dass ich auf Irinas Angebot eingehen musste, und trotzdem zögerte ich es bis zur letzten Sekunde heraus. Diese Wohnung war das letzte Überbleibsel meines alten Lebens, und allein vom Gedanken, sie verlassen zu müssen, wurde mir übel. Doch auch wenn ich mich am liebsten am Türrahmen festgeklammert hätte, kam der Tag, an dem ich wusste, dass es vorbei war. Einfach vorbei, oder wie es Irina so schön formulierte: »Bye, bye, du unordentliche Höhle der Traurigkeit.«

Es wurde ein erneuter Abschied mit Tränen, eine erneute Niederlage, mit der ich mich abfinden musste. Genauso wie die Sache mit Liam. Diese fiese kleine Sache, die mich noch immer bis spät in die Nacht wachhielt.

Es verging kaum ein Tag, an dem ich nicht an seine sanften Augen oder an seine liebevollen Berührungen auf meiner Haut dachte. Doch ich wollte ihn löschen, aus meinen Gedanken verbannen. Ausradieren. Ich hatte ihn gedanklich bestimmt hundertmal angeschrien zu verschwinden, und ja, allmählich wurde es besser. Wenigstens redete ich mir das ein.

Zupfend versuchte ich den Knoten der Krawatte etwas zu lockern, während eine Frauenstimme aus dem Lautsprecher des Bahnhofs ertönte. Der kühle

Windstoß des einfahrenden Zuges verpasste mir eine Gänsehaut. Vor den Türen versammelten sich Scharen von Menschen, eng aufeinander gepfercht warteten sie, bis sie sich öffneten. Wie auf einem Ameisenhaufen wuselten die Passagiere wild durcheinander.

Als einer der Letzten betrat ich das überfüllte Abteil in einem der mittleren Waggons. Einen Sitzplatz zu finden, war ein Ding der Unmöglichkeit, also hielt ich mich an einer der Stangen fest und beobachtete die grimmigen Gesichter um mich herum. Einige tippten an ihren Tablets rum, andere lasen Zeitung oder schnarchten vor sich hin.

Ich kramte den Infobogen des Hochzeitsauftrags aus der Tasche. Auf der ersten Seite war ein großes Logo mit zwei glänzenden Tellern abgebildet, oberhalb stand in geschwungener Schrift: *Dinners Club.*

Vor einem Monat hatte ich die Zusage für den Job bei einer der bekanntesten Cateringfirmen der Schweiz erhalten. Endlich sollte es wieder bergauf gehen, und ich wollte unbedingt alles richtig machen. Ich war wieder top motiviert, und noch nicht einmal die hundertseitige Infobroschüre konnte meiner neu aufgekommenen Energie einen Tritt versetzen. In dem Dokument wurde der Ablauf eines pompösen Hochzeitsauftrags bis ins kleinste Detail beschrieben. Jede Position der Mitarbeiter, jedes Tablett und alle Zeitfenster waren strikt vorgegeben. Ich fragte mich, ob es erlaubt war, auf die Toilette zu gehen, denn davon stand nichts in den Unterlagen.

Akribisch studierte ich Blatt für Blatt, immerhin zog sich das Fest über zwei Tage. Am ersten war ein Event für dreihundert Gäste geplant. Essen, Trinken und Feiern, so die Kurzform, und erst am zweiten sollte dann die eigentliche Zeremonie im engsten Kreis der Familie stattfinden.

Meine neue Chefin parkte mit dem Kleintransporter im Halteverbot. Wild fuchtelnd gab sie mir das Zeichen, mich zu beeilen. Die pummelige Frau mit dem Buzz Cut wirkte ziemlich unorthodox. Ich schätzte sie auf Mitte fünfzig und alleinstehend. Irgendwie konnte ich sie mir weder mit einem Mann noch mit einer Frau vorstellen. Außerdem trug sie keinen Ring. Klar das musste nichts heißen, aber es passte zu meiner Theorie.

»Hüpf rein!«, röhrte sie durchs offene Fenster.

»Guten Morgen, Frau Kessler.«

»Ach was, nenn mich Karen«, sie streckte mir die Hand entgegen. »Bereit für den Kampf?«

»Bin ich.«

»Gut, denn da kommt 'ne Menge Arbeit auf uns zu.« Sie startete den Motor und würgte den Steuerknüppel in den ersten Gang. Während wir uns durch den Verkehr der Innenstadt schlängelten, erklärte sie mir noch mal die Wichtigkeit des bevorstehenden Events. Immerhin handelte es sich um einflussreiche Leute. Sollte da was schieflaufen, könnten wir ein nächstes Mal vergessen. Oder noch schlimmer, würde sich sowas rumsprechen, könnte das unabsehbare Konsequenzen nach sich ziehen. Ich hörte zu, bejahte und versuchte mein freundlichstes Gesicht aufzusetzen.

Nach gut zehn Minuten bogen wir in eine Nebenstraße ein. Auf beiden Seiten erstreckten sich dicht aneinandergereihte Bäume. Dazwischen blitzten hohe Zäune auf. Karen drosselte das Tempo. Vor einem schmiedeeisernen Tor hielten wir an. An zwei Pfosten waren Kameras befestigt, die direkt auf uns gerichtet waren. Karen drückte den Knopf der Gegensprechanlage und meldete sich mit dem Firmennamen. Nach ungefähr fünf Minuten setzte sich das massive Tor in Bewegung. Im Schritttempo passierten wir das Gelände. Hinter den Bäumen, die anscheinend als Sichtschutz dienten, erstreckte sich eine fußballfeldgroße Rasenfläche. Der Tau glitzerte im Morgenlicht. Durch den Spalt der Scheibe drang der Geruch von frisch geschnittenem Gras, und der Kies knirschte unter dem Gummi der Reifen. Der breite Weg führte zu einem pompösen Gebäude. Feuerrote Ahornbäume lockerten die monotone Fassade etwas auf. Durch die eckigen Kanten und die fronthohen Fenster wirkte das Haus wie ein moderner Betonklotz.

Ungefähr ein Dutzend Gestalten wuselten mit Töpfen, Holzlatten und Lichterketten durch den Garten. In der Mitte der Terrasse dirigierte ein schlaksiger Mann die Leute, als wären sie sein Orchester.

»Das Team weiß, dass wir mit Nachschub anrücken. Der Wagen wird ausgeräumt, die Lebensmittel ins Kühlhaus gebracht. Versuch dich ranzuhalten, ja?«

»Alles klar.« Ich rieb die feuchten Hände an meiner Stoffhose ab.

»Perfektes Timing«, nuschelte sie vor sich hin. »Da ist Jarek, er wird dir helfen, den Wagen auszuräumen.«

Der junge Mann mit dem Schlips war mindestens einen Kopf kleiner als ich. Er stand mit einer Transporthilfe mitten auf dem Parkplatz und wedelte mit dem Arm. Kaum hatte sie den Schlüssel aus der Zündung gedreht, riss er die Hecktüren auf und fing an, die Kisten auf seinen Wagen zu stapeln. Während ich versuchte einigermaßen Schritt zu halten, stöckelte eine ältere Dame mit feuerroten, auftoupierten Haaren auf Karen zu. Ihr Dekolleté verzierte ein handflächengroßer Klunker, und was da über ihrer Schulter hing, sah aus wie die tote Katze des Nachbarn. Sie streckte ihr die mit Handschuhen bedeckte Hand entgegen.

Jarek zeigte mir, wo ich die Kisten im Keller stapeln sollte. Wir konnten sie nur bis zur Treppe fahren, danach mussten wir anpacken. Ich nahm jeweils eine, stürmte die Treppe hinab und wieder hoch. Immer und immer wieder, bis sich nasse Flecken auf meinem Hemd abzeichneten. Nach der letzten Kiste nahm ich den Auftrag in Angriff, alle Lebensmittel auszupacken und im Kühlraum zu verstauen.

Hätte ich nicht am ganzen Leib gezittert, wäre ich bestimmt vor Wut rot angelaufen. Hätte man mich denn nicht informieren können, dass ich womöglich eine Jacke brauchte? Oder einen Skianzug! Alle paar Minuten hastete ich aus dem Kühler, um nicht zu erfrieren. Hustend und stampfend versuchte ich den aufkommenden Schüttelfrost zu vertreiben. Erst nach gut zwei Stunden schlug ich die Tür in die Angel.

Die Küche hatte sich in einen Bienenstock verwandelt. Königin Karen stand in der Mitte des Raums und gab Anweisungen an jeden, der sie passierte. Ein nach Fleisch und Kräutern getränkter Dampf bahnte sich den Weg über die Decke. In verschiedenen großen Töpfen brutzelte etwas auf den Herden und zwei Köche mit langen Hüten präparierten mit Pinzetten kleine Vorspeiseteller.

»Kennst du dich mit Amuse-Bouche aus?«, Karen zeigte mit dem Finger auf mich.

»Mit was?«

»Häppchen … Kennst du dich mit Häppchen aus?«

Ich nickte nervös.

»Gut«, schrie sie. »Oberstes Gebot: Es wird nichts serviert, was du nicht mit Namen benennen kannst, klar soweit?«

»Klar«, krächzte ich.

Sie reckte ihren Daumen nach oben und stürmte aus dem Hinterausgang. Auf dem Ausgabetisch gegenüber standen drei fertige Tabletts mit Lachskreationen, ich packte eines, legte die linke Hand hinter den Rücken und balancierte es durch die Küchentür.

Aufgeregtes Stimmengewirr hallte durch den mit Bildern geschmückten Gang, der zum Wohnzimmer führte. Über den Köpfen der Gäste hing ein silberner Kronleuchter. Der Duft der weißen Liliensträuße durchtränkte die Luft, und die leise Melodie einer Geige durchdrang das Geschnatter der Leute. Überall standen runde Tische mit weißen, fußbodenlangen Tischtüchern und massive Leuchter mit brennenden Kerzen. Meine Blicke schweiften durch die Menge und erstarrten abrupt bei der rothaarigen Lady. Sie stand in der Mitte des Raumes und sah mich finster an. Ihr krummer Finger zeigte in die hintere Ecke. Hastig befolgte ich ihre Anweisung und stellte mich in die Nähe eines hinter einer Glasscheibe flackernden Feuers.

Geduldig verharrte ich, wie eine dieser hässlichen Skulpturen, die hier überall rumstanden. Nach einer Weile bahnte sich ein unangenehmer Schmerz durch meine Beine. Die Hand kribbelte unter dem Tablett, und auch mein Ellbogen fühlte sich irgendwie steif an. Ich tänzelte von einem aufs andere Bein, stützte den Oberarm an die Seite des Bauches und kreiste meine Schultern, wenn gerade niemand hinsah. Um mich abzulenken, begutachtete ich die Fotos auf der Ablage neben meinem Kopf. Eines zeigte die Gastgeberin, die einen kleinen Hund im Arm hielt. Wobei ich mir nicht sicher war, ob es sich dabei nicht um ein Meerschweinchen handelte. Auf jeden Fall passte das kleine, halbnackte Ding perfekt zu ihr. Auf einem anderen posierte die ganze Familie. Das Foto glich eher einem schlechten Schauspiel, so als würde keiner der Anwesenden den anderen kennen. Mit zusammengekniffenen Augen scannte ich die Gesichter etwas genauer.

Das Bild versetzte mir einen Stich, der wie ein Blitz durch meinen Bauch schoss. Ungläubig starrte ich auf den jungen Mann rechts außen. Während ich ihn ansah, fing der Raum an sich zu bewegen. Oder war das mein Kopf? Wie auf einem Karussell musste ich mich auf mein Gleichgewicht konzentrieren. Mit einem Rums flog mein Tablett mit den Brötchen durch die Luft und knallte klirrend auf den Boden.

Geschockte Gesichter starrten mich mit offenen Mündern an. Einige schüttelten verständnislos den Kopf.

Konnte das wirklich wahr sein? Mein Herz raste. Ich drehte den Kopf und ließ den Blick durch die gaffende Menge gleiten. Er war nicht hier. Nein, war er nicht. Ich konnte ihn nirgends sehen.

Rasch bückte ich mich und versuchte die Sauerei mit zitternden Händen zusammenzukehren. Ohne mich nochmals umzusehen, stürmte ich in die

Küche, schmiss alles auf die Ablage und steuerte die Toilette an. Energisch rubbelte ich an dem Fleck auf meiner Hose.

»Lorena, bist du da drin?«, hörte ich Karen rufen.

»Mo … Moment!«

Mein erster Tag, und schon wartete das Donnerwetter vor der Toilettentür. Und ich verstand sie, sie zählte auf mich. Ich wusste, was auf dem Spiel stand, und ich hatte es in den Sand gesetzt. Mal wieder! Behutsam drehte ich den Knauf. Ihre Augen funkelten mich besorgt an. »Ist alles in Ordnung?«

»Karen, es tut mir so leid. Ich werde gleich meine Sachen …«

»Halt, halt, halt«, unterbrach sie mich und zeigte mit dem Finger an meinem Kopf vorbei. »Lass mich rein, schließ die Tür und hör mir zu.« Damit drückte sie ihre Massen an mir vorbei. »Ich weiß nicht, was los ist, aber ich kann dir sagen, was ich sehe. Du siehst aus wie ein gejagtes Reh, und die Leute da draußen sind von der Sorte Jäger.« Sie stützte ihre Arme in die Hüften. »Und das ist nicht gut. Egal was dich so aus der Bahn geworfen hat, du solltest es schleunigst in den Griff bekommen, hörst du?«

Mein Kopf nickte schon fast automatisch. Ich hörte die Strenge in ihren Worten, und zugleich fühlte ich, dass sie ehrlich besorgt war. Sie kam einen Schritt auf mich zu und packte meine Schultern. »Meinst du, du schaffst das?«

»Ich denke ja.«

»Und jetzt so, dass ich es glauben kann.«

»Ich schaffe das«, wiederholte ich mit fester Stimme.

»Bist du ein ängstliches Reh?«

»Nein, bin ich nicht.«

Sie sah mich mit aufgerissenen Augen an. »Ich glaube dir nicht.«

»Ich bin kein Reh, verdammt noch mal!«, schoss es aus mir raus. Ihre Mundwinkel verzogen sich. »Gut, dann sammle dich, geh da wieder raus und lächle diesen Schnöseln ins Gesicht. Klar?«

Ich nickte ihr zu, dann drehte sie sich ab.

»Karen?«

»Ja?«

»Bitte nenn' mich Lola.«

Ein leichtes Schmunzeln zeichnete sich auf ihren Lippen ab.

Zurück in meiner Ecke des Saales spürte ich die giftigen Pfeile auf meinen Körper prallen. Die Leute hatten mir den Zwischenfall übelgenommen. Oder sie brauchten einfach etwas, worüber sie sich aufregen konnten. Freundlich lächelnd mimte ich: *Es ist alles in bester Ordnung.*

Nach einer halben Stunde war ich dann wieder die Futterstatue mit dem Tablett auf der Hand.

»Mädchen«, krächzte eine Stimme zu meiner Linken, »noch mal sowas, und ich sorge dafür, dass du gehen kannst.«

Beinahe hätte ich das Tablett erneut auf den Boden geschmissen. Die Blicke der Gastgeberin durchbohrten mich. Sie strich mit den weißen Handschuhen über das Fell auf ihrer Schulter. »Ich behalte dich im Auge.«

Ein Herr mit grau melierten Haaren legte seine Hand auf ihre Schulter. »Misses Moore, may I introduce you to my wife?«

Noch nie hatte ich gesehen, dass jemand so schnell den kompletten Gesichtsausdruck wechseln konnte. Als wäre da irgendwo ein Schalter an ihr befestigt. Mit einem aufgesetzten Lächeln wendete sie sich ab und stolzierte davon. Der Atem schoss aus meiner Lunge.

Eine Unruhe zog durch den Saal. Die Gäste versammelten sich vor dem Haupteingang, lachten und klatschten wild durcheinander. Die Melodie des Geigers verstummte im Blitzlichtgewitter.

»Sie sind da!«, schrie eine Frauenstimme. Erhobene Hände applaudierten, als eine zierliche Frau mit hochgesteckten Haaren den Saal betrat. Das lachsfarbene Kleid schmiegte sich um ihre Taille, und ihr elfenhaftes Gesicht wurde von einem im Licht schimmernden Diadem umrahmt. Eilig schüttelte sie Hände und posierte mit einigen der Gäste für die Kameras. Ein lautes Gejohle ertönte. Durch die eng aneinander stehenden Leute blitzten die rostbraunen Haare des Bräutigams.

Ich konnte nicht mehr hinsehen. Mit gesenktem Blick presste ich die Augenlider aufeinander. Das war ja klar, verlobt war er bestimmt auch schon vor drei Monaten gewesen. Wäre ich nicht so von dem Job abhängig, hätte ich alles hingeschmissen und die Hochzeit verlassen. Ein zermürbendes Gefühl fraß sich durch meine Brust. Es pochte und schmerzte wie das Stechen von tausend Nadeln. Früher oder später würde er mich sehen, und nur schon vom Gedanken daran wurde mir schwindelig. Also was sollte ich tun? Mich die nächsten zwei Tage vor ihm verstecken? Nein! Nein, das würde nicht gut ausgehen.

»Ich bin kein Reh«, hörte ich mich selber flüstern. Dann legte ich das Tablett auf den nächsten Tisch, lief im Stechschritt geradeaus und bahnte mir einen Weg durch die Menge. Er war noch immer damit beschäftigt, Hände zu schütteln und Glückwünsche entgegenzunehmen. Eine Schar jüngerer Typen packte ihn abwechselnd und piesackte ihn mit gespielten Schlägen. Ich wollte ihn auf mich aufmerksam machen, doch er drehte sich einfach nicht um, und ehe ich mich versah, ebneten ihm die Gäste den Weg in Richtung Toilette. Ohne auf irgendjemanden zu achten, quetschte ich mich mittendurch. Bevor er die Tür erreichte, erwischte ich ihn an der Schulter.

»Liam?«, hauchte ich völlig außer Atem.

Er drehte sich um und schaute mich mit aufgerissenen Augen an. »Wer bist du denn?«

Das durfte doch nicht wahr sein! Das Blut schoss mir ungebremst in den Kopf. Ich starrte einem völlig Fremden ins Gesicht. Am liebsten wäre ich auf der Stelle im Boden versunken.

»Oh ... «, entwich meinen Lippen. Ich drehte mich weg und hastete, ohne mich noch mal umzudrehen, geradeaus. Wie konnte ich nur so dämlich sein? Klar, die Ähnlichkeit war offensichtlich. Aber er war es nicht. Und auch das war offensichtlich. In der Hoffnung, ich würde ihm nicht mehr über den Weg laufen, verkroch ich mich mit hochrotem Kopf in meiner Ecke.

Als Karen mir per Handzeichen eine Pause anbot, winkte ich ihr dankbar zu und entfloh durch die Hintertür.

Eine wohltuende Brise zog über meine Haut. Ich schwang die Arme durch die Luft und genoss den Moment der Ruhe. Nach fünf Minuten Fußmarsch erreichte ich eine kleine Erhebung, auf der Vorderseite des Hauses. Von hier aus hatte ich freie Sicht auf das Anwesen, das sich bis ans Ufer des Zürichsees erstreckte. Etwas versteckt erkannte ich einen Holzsteg, an dem eine weiße Yacht verankert lag.

»Lola?«

Ich zuckte zusammen, denn dieses Mal erkannte ich die Stimme. Sie jagte wie ein Pfeil durch meinen Körper. Ich wusste, was mich erwartete, wenn ich mich umdrehen würde. Mein Puls fing an zu rasen, als ich mich wie in Zeitlupe anfing zu bewegen. Und da stand er in seinem schwarzen Anzug, den Kopf leicht zur Seite gelegt und die Lippen zu einem Grinsen zusammengepresst.

»Mein Bruder erzählte mir, eine Verrückte hätte nach mir gefragt.« Sein Mund verzog sich zu einem breiten Lachen. »Ich hätte es doch eigentlich wissen müssen, oder?«

Obwohl ich mich in Grund und Boden schämte, konnte ich mir ein Schmunzeln nicht verkneifen. »Ja, das hättest du.«

Er nickte, als wollte er sagen: *Touché,* und zog die Hände aus den Taschen.

»Wie geht es dir?«, fragte er ruhig.

»Gut, ich meine, ich lebe. Und dir?«

Er senkte den Blick und sah dann zurück zu mir. »Ich lebe. Was machst du hier?«

Ich sah etwas provozierend an mir herunter. »Arbeiten.«

»Klar«, er nickte und grinste mir zu.

»Schatz, kommst du«, schrie eine Stimme in der Tonlage eines über eine Wandtafel ziehenden Fingernagels. Liam drehte den Kopf. »Ich muss gehen.« Er machte zwei Schritte rückwärts.

»Wo bist du denn?« Das Gekreische wurde lauter, und auch das Hämmern von aufschlagenden Absätzen steuerte direkt auf uns zu. Er sah mir in die Augen. »Es war echt schön, dich zu sehen.« Dann drehte er sich weg und eilte in die Richtung der sich nähernden Schritte. Bevor er sie abfangen konnte, stand seine Freundin auf der kleinen Erhebung, starrte auf ihn herunter und wechselte dann wie ein eiskalter Blitz zu mir. War das nicht die Frau vom Steg und auch die vom Telefon? Konnte das sein? Ich sah sie zu ungenau, aber die schrille Stimme meinte ich wiederzuerkennen. Er packte sie am Oberarm und zog sie mit sich, bis sie hinter dem Hügel verschwanden.

Karen ließ mir keine Zeit, mich mit dem Geschehenen auseinanderzusetzen. Sie drückte mir ein neues Tablett mit Drinks in die Hand und wedelte wild mit den Armen. Balancierend sputete ich durch den Korridor in den Saal zurück an meinen Stammplatz. Das Partyvolk hatte sich wieder beruhigt. Braut und Bräutigam mischten sich unter eine Gruppe, die aussah wie die Königsfamilie höchstpersönlich, und ich widmete mich den von der Kohlensäure wild tanzenden Erdbeeren. Der Champagner prickelte in einem kitschigen Pink vor sich hin. Auch die Lady mit der toten Katze über der Schulter behielt ich stets im Auge. Sie unterhielt sich noch immer mit dem Mann mit den grau melierten Haaren und einer Dame, die ihre Schwester sein könnte.

Ich war so beschäftigt mit den Eindrücken, dass ich sie gar nicht kommen sah. Auf einmal stand sie neben mir und packte sich eines der Gläser. Ihre knallroten Nägel umklammerten den Champagner. Mit den glänzend schwarzen High Heels wirkte sie mindestens einen Kopf größer. Ohne ein Wort zu sagen, musterte sie mich von oben bis unten. Lächelnd versuchte ich ihren überheblichen Blick zu besänftigen.

»Sollte ich nochmals sehen, dass du meinem Freund zu nahekommst, wirst du es bereuen.« Ihr abschätziger Blick und der drohende Tonfall in ihrer Stimme, jagte mir das Lächeln aus dem Gesicht.

Zaghaft nickte ich ihr zu, während sich ein würgender Kloß in meinem Hals bildete. Sie verzog ihre vollen Lippen zu einem aufgesetzten Schmunzeln und hob das Glas in die Luft. Dann wendete sie sich von mir ab und stolzierte auf Liam zu, der sich gerade im Wechselspiel mit dem Brautpaar und seinem Protz von Cousin unterhielt.

Ich hatte ihn bisher noch gar nicht gesehen. Er war in Begleitung einer blonden jungen Frau, die aussah, als wäre sie die Tochter eines Schönheitschirurgen. Er flüsterte Liam immer wieder Dinge ins Ohr, worauf der sich zusammenreißen musste, um nicht laut loszulachen. Sein Blick verhärtete sich, als er seine Freundin auf sich zulaufen sah. Sie stellte sich neben ihn, hängte ihren Arm bei ihm ein und blinzelte mir zu.

Ganz offensichtlich fühlte sie sich aus irgendeinem Grund bedroht. Und klar hatte auch ich meine Mühe mit ihrer Drohung. Aber die Tatsache, diese Angst in ihr auszulösen, verschaffte mir ein Gefühl der Genugtuung. Fest entschlossen, mich nicht weiter von ihr ablenken zu lassen, konzentrierte ich mich wieder auf meine Aufgabe.

Nach ungefähr zehn Minuten musste ich Nachschub holen. Gemächlich schlenderte ich zur Küche. Sie beobachtete mich, und ich konnte ihre Blicke auf meinem ganzen Körper spüren.

Die Situation strengte enorm an. Und auch wenn

ich mir nichts anmerken lassen wollte, erschöpfte es mich bis in die Glieder.

Nach einer Stunde standen die beiden so nah, dass ich Bruchstücke der Unterhaltung mithören konnte.

Ich verbot mir selbst hinzuhören, doch ich konnte nicht anders. Seine Stimme kribbelte durch meinen Bauch, und das war falsch, falsch, falsch. Er hatte mich verletzt, tiefer, als das ich es je zugegeben hätte. Ich wollte rein gar nichts mehr für ihn empfinden und am besten so tun, als wäre nichts geschehen. So als würde ich nicht mehr wissen, wie er riecht, wie seine Finger über meinen Arm glitten und die Wärme seines Körpers, dieses attraktiven ... *Jetzt hör auf!*

Als ich mich davonmachen wollte, klatschte in der Runde vor mir ein mit Kaviar belegtes Brötchen auf den Boden. Die Kügelchen verabschiedeten sich in alle Himmelsrichtungen.

Sie drehte sich abrupt um. »Los, mach das weg!« Eine ihrer roten Krallen zeigte auf den Boden vor ihren Füßen.

Meinte sie mich? Ich drehte meinen Kopf nach rechts und nach links, doch da stand keiner. So wollte sie mir also ihre Macht demonstrieren, indem sie mich vor sich herumkriechen ließ.

Mit heißem Kopf stellte ich die Gläser zur Seite und zog den Lappen aus meiner Schürze.

»Das kann doch auch jemand anders machen«, sagte Liam und stupste sie leicht an.

»Aber wieso denn, Schatz? Dafür ist sie doch da.«

Sie bewegte sich keinen Millimeter, als ich versuchte die Kügelchen zwischen ihren Beinen zusammenzukehren. Meine Hände umkrampften den Lappen wie ein Tier seine Beute.

»Ups ...«, ertönte es von oben. Eine kalte Sauce drückte sich durch mein Hemd.

Das hatte sie jetzt nicht wirklich gemacht?!

Sie schüttete den Champagner über mich, während ich um ihre Füße putzte? Das konnte doch nicht wahr sein! Einen Moment lang überlegte ich, ihr an die Gurgel zu springen. Doch ich konnte es nicht. Ich richtete mich auf, schmiss ihr den Lappen vor die Füße und rannte in Richtung Küche.

»Lola«, hörte ich Liams Stimme, »warte doch.«

Ich hatte schon fast die Tür erreicht, als ich mich ruckartig umdrehte. »Liam, verdammt noch mal, war es das, was du mir erklären wolltest?« Mein Finger zeigte zum Saal.

Erstarrt und mit aufgerissenen Augen stand er vor mir.

»Du könntest nie mit mir zusammen sein, weil ich nicht gut genug bin? Ich würde nicht in deine Welt passen, ist es nicht so?« Mit ausgebreiteten Armen stand ich da und wartete auf eine Reaktion. Doch es kam nichts, er rührte sich nicht vom Fleck.

»Du bist ein Feigling«, kam es fast flüsternd über meine Lippen. »Geh zurück zu deiner Familie, du

hast hier nichts verloren.« Ich wendete mich ab
und stampfte in die Küche.

7

»Was ist mit dir?«, fragte Irina, als ich die Tür ins Schloss knallte. Sie saß auf der Couch und sah mich erschrocken an. Ich hatte keine Lust, mich mit ihr zu unterhalten, und so trampelte ich mit einem kurzen Nicken an ihr vorbei. Genauer wollte ich mich mit gar niemandem auseinandersetzen. Dafür hatte ich gerade viel zu viel mit mir selbst du tun. Doch Irina wäre nicht Irina, wenn sie nicht all die noch so deutlichen Lass-mich-in-Ruhe-Zeichen ignorieren würde.

Sie eilte mir hinterher. »Was ist denn passiert? Bist du gefeuert? Probleme mit dem Chef? Hast du deine Tage, oder was? Jetzt warte doch mal.« Sie packte mich am Oberarm.

»Liam ist passiert«, schnaubte ich.

»Moment mal, was ist denn mit dem schon wieder?«

Ich schüttelte meinen Arm, bis sie von mir abließ und schloss die Zimmertür vor ihrer Nase zu. Sie klopfte mit beiden Händen dagegen. »Okay, ich verstehe, Nachfragen ist nicht erwünscht.«

Während ich nach meiner Jogginghose buddelte, stand sie die ganze Zeit da draußen und redete wie ein Wasserfall. »Wenn du schon nicht mit mir reden willst, ich hätte da was Dringendes, was ich mit dir besprechen muss.«

Ich zog mir die Trainingskleidung über, knallte die Tür an die Wand und spurtete wortlos an ihr vorbei nach draußen.

Das pochende Gefühl in meinem Bauch ließ mich sprinten wie eine Verrückte. Ich wusste gar nicht, dass so viel Energie in mir steckte. Alles musste raus. Ich rannte entlang der Felder, zum Waldrand und steuerte dann auf einen Weg mitten durchs Dickicht zu. Es wurde immer dunkler, und zu allem Überfluss fing es leicht an zu nieseln. Auf einer hölzernen Parkbank mitten im Nirgendwo ließ ich mich fallen. Meine Lungen brannten vom Einsaugen der kühlen Luft. Ich legte den Kopf in den Nacken und sah nach oben, bis mir ein plötzlicher Platzregen aufs Gesicht trommelte. Ich schloss die Augen und wartete, bis meine Kleider trieften. Erst als das Wetter sich beruhigte, rannte ich weiter, bis ich nicht mehr konnte.

Irina hockte am Esstisch und blinzelte mich besorgt an. Als sie meine durchnässten Kleider sah, rannte sie ins Badezimmer und brachte mir ein trockenes Handtuch.

»Manchmal machst du mir echt Angst, weißt du das?«

»Hmm …«, brummte ich.

Nach einer warmen Dusche setzte ich mich zu ihr.

Sie saß noch immer da, starrte auf die halbvolle Tasse Tee und sagte kein Wort. Ich legte meine Hand auf ihre. »Es tut mir leid.«

Sie hob ihren Kopf und sah mir in die Augen. »Geht es dir jetzt wenigstens wieder besser?«

»Ich denke schon.«

»Willst du darüber reden?«

»Sei mir bitte nicht böse, lieber ein anderes Mal.«

Sie nickte mir lächelnd zu. »Na gut.«

»Was wolltest du mit mir besprechen?« Kaum hatte ich den Satz fertig, klingelte es an unserer Haustür.

»Scheiße, verdammt«, schrie sie und hüpfte vom Stuhl.

»Was ist los?«

»Das ist er, oh, was soll ich bloß ...?« Mit den Händen im Nacken kreiste sie um unseren Esstisch. »Hör mir zu, das ist Ron, und du wirst jetzt aufmachen und sagen, dass ich nicht da bin.«

»Was will der denn hier?«, fauchte ich.

Entgeistert presste sie die Lippen aufeinander. Ich sah, wie es hinter ihrer Stirn arbeitete, bevor sie mich wieder anblinzelte. »Ich habe keine Ahnung. Komm schon, Lolita, bitte, wimmele ihn ab.«

Obwohl ich wusste, dass sie mir gerade nicht alles erzählte, wusste ich auch, dass es sinnlos war, sie in diesem Zustand auszuquetschen.

Mit einem frustrierten Laut fuchtelte ich die Arme durch die Luft. »Wieso zum Henker sollte ich das tun?«

»Na, weil ..., weil ich nicht da bin, verstanden?«

Das erneute Klingeln ließ sie wie ein Hase in die Luft hüpfen. Sie packte meinen Arm und riss mich vom Stuhl. »Bitte, bitte«, flehte sie, meine Hand fest umschlossen.

Grummelnd machte ich mich auf den Weg.

»Echt jetzt?«, stöhnte ich, als ich sah, wie sie sich hinter die Tür kauerte und den Zeigefinger auf die Lippen legte. Ich nahm meine Faust zwischen die Zähne und schickte ihr einen eisernen Blick.

»Oh, hallo, Lola«, sagte er, als ob er nicht wüsste, dass ich auch hier wohnte.

»Ron«, entgegnete ich emotionslos.

Ich wusste, dass sie noch immer in Kontakt standen. Seit wir zusammenwohnten, sah ich ihr Handy des Öfteren aufblinken und ich musste gestehen, auch mal draufgeschaut zu haben. Manchmal lag es auch einfach da und schrie förmlich danach. Meistens waren es so banale Dinge wie *Was machst du gerade?* Einmal hatte ich gesehen, wie er ihr ein *Kuss-Emoji* geschickt hatte.

»Irina ist nicht da.«

»Ach so, ich dachte nur, da steht ihr Auto in der Einfahrt.«

Ja, toll, jetzt wurde ich auch noch rot, obwohl ich keine Lust hatte, ihm irgendeine Emotion entgegenzubringen.

»Frag ... was ... will«, hörte ich ihre fast lautlose Stimme.

Ich presste ein Lächeln auf mein Gesicht. »Einen Moment, bitte«, bat ich und schloss die Tür.

»Frag ihn, was er will«, wiederholte Irina noch immer flüsternd.

Ich bückte mich mit glühendem Kopf. »Ich habe dich schon verstanden, aber frag ihn doch selber. Wieso muss ich das tun?«

»Na, weil.«

»Du magst ihn, stimmt's? Gib's zu!«, unterbrach ich sie zischend.

»Nein, das tue ich nicht.«

»Du bist so eine Lüg …«

Leise ertönte ein Klopfen durch die Tür. »Ich kann euch hören. Irina?«

»Na, also«, knurrte ich, während meine Hand in die Richtung der Tür gestikulierte. Sie verschränkte ihre Arme wie ein kleines, unartiges Kind und schmollte wortlos vor sich hin. Ich stieß einen erzürnten Laut aus, atmete tief und öffnete die Tür erneut. »Ron, sie ist wirklich nicht da.«

Er sah auf die Blume in seiner Hand. »Sagst du ihr, dass ich da war?«

»Ja, das werde ich.«

»Danke.«

Ich sah die Enttäuschung in seinen Augen, und wäre es nicht Ron gewesen, hätte ich bestimmt Mitleid gehabt.

»Lola?«

Ich wollte gerade die Tür schließen, als ich noch

einen Moment innehielt. Durch einen Spalt sah ich das Flimmern in seinen Augen.

»Ich wollte mich nur bei ihr bedanken. Und es tut mir leid. Was ich dir angetan habe, war nicht in Ordnung, das weiß ich jetzt. Ich hoffe, du kannst mir irgendwann verzeihen.«

Ohne zu antworten, schloss ich die Tür.

8

Ich wusste nicht wie ich den Tag überstehen sollte. Doch es führte kein Weg daran vorbei, es zu versuchen. Und so zog ich mir die Arbeitskleidung über, band meine Krawatte und starrte in den Badezimmerspiegel. Die Frau, die da stand, sah wirklich aus wie ein hilfloses Reh. Und ich konnte sie nicht mehr sehen. »Komm schon, du schaffst das«, ermunterte ich mich selber.

Der leckere Duft des Essens schwebte durch den Transporter. In der Mitte der Ladefläche stand eine überdimensionale Torte mit mindestens sieben Lagen. Noch nie hatte ich so ein Ding gesehen. Wie konnte das halten, ohne in sich zusammenzufallen? Mit dem pink-weißen Zuckerguss hätte sie auch gut zu einem Kindergeburtstag gepasst.

Die Uhr stand auf Punkt acht, als wir das Tor zur Villa passierten. Die Arbeiten vom Vortag zeigten ein völlig neues Bild des Gartens. Schon von weitem erkannte ich das Personal von gestern. Mit Stühlen, Vasen und Blumen huschten sie aneinander vorbei. Der Hochzeitsplaner mit der weißen Hose und der wild geföhnten Frisur stand in der Mitte und delegierte seine Leute. Wild gestikulierend versuchte er den Überblick zu behalten.

Auf der Rückseite des Gebäudes angekommen, stürzte Jarek auf uns zu, riss den Kofferraum auf, und wir brachten alles in die Küche. Ich musste mich ganz schön beeilen, damit ich wenigstens noch ein bisschen was tragen konnte. Eine schier unerträgliche Anspannung lag in der Luft. Ich traute mich kaum, Jarek etwas zu fragen. Geschweige denn Karen. Der Tag gestern war schon sehr nervenaufreibend gewesen, aber das heute toppte das Ganze noch mal. Ich versuchte mich nützlich zu machen, indem ich alles schön säuberlich in den Küchenschränken verstaute. Akribisch genau ordnete ich die Teller nach ihrer Größe.

»Kommst du mal?«, rief Karen und nickte mit dem Kopf in Richtung Korridor.

Im Gegensatz zu gestern verliehen nur noch ein paar wenige Bilder von prunkvollen Häusern dem Wohnzimmer etwas Farbe. Der Rest war unbarmherzig entfernt worden. Die Frontscheiben standen vollständig offen, sodass wir direkt in den Garten gelangten.

Die weißen Lilientöpfe von gestern standen auf der Terrasse verteilt. Über einem Teil der Rasenfläche entstand ein hölzernes Dach. Durch die Rinnen des Holzes gezogene Efeuranken, verliehen dem Bild einen romantischen Touch. Auf dem Rasen standen Stühle mit Hussen, die bis zum Pavillon aufgereiht und nur durch einen Mittelgang getrennt waren. Diese endeten unter dem Dach mit den Stühlen für das Brautpaar. Auf der rechten Seite der Villa war ein Boden für den Essbereich verlegt worden. Edles Geschirr glänzte auf den mit Seide überzogenen Esstischen. Daneben wurde eine kleine Bühne mit Verstärkern und einem Mikrophon aufgebaut.

Für einen Moment vergaß ich den Sinn meiner Anwesenheit. So etwas hatte ich noch nie zuvor gesehen.

»Erde an Lorena?« Karen schnippte mit dem Finger vor meinem Gesicht.

»Ja, bin da.«

»Das wird dein Arbeitsplatz«, sie zeigte auf einen länglichen Tisch, der einige Meter neben dem Altar aufgebaut wurde. Darauf lagen fünf Blumengestecke mit kleinen Orchideen.

»Du wirst den Empfang wie auch die Getränkeausgabe nach der Trauung schmeißen. Das heißt: Du bist verantwortlich. Du wirst schauen, dass alles läuft. Kann ich mich auf dich verlassen?«

»Kannst du«, antwortete ich, ohne nachzudenken. Für meinen zweiten Arbeitstag traute sie mir schon ganz schön viel zu. Vor allem nach dem Fauxpas von gestern. Vielleicht sollte das auch eine Gelegenheit sein, mich von meinem inneren Bambi zu verabschieden. Wie auch immer. Ich wollte es ihr und mir selbst beweisen und schwor, mein Bestes zu geben.

Um elf versammelten sich die ersten Gäste auf dem Vorplatz der Villa. Damen mit luftigen Kleidern und edlen Hüten stiegen aus Luxuskarossen der

Extraklasse. Neben ihren anzugtragenden Männern wirkten einige wie deren Accessoires.

Ich amüsierte mich köstlich über das mir gebotene Schauspiel. Dabei lieferten sich die Damen ihren ganz eigenen Hühnerkampf. Eine geballte Zurschaustellung von vor sich hin lächelnden Östrogenen stolzierte nacheinander über die Terrasse in den Garten.

Ein schwarzer Rolls Royce kroch die Auffahrt entlang und kam an der Seitenwand des Hauses zum Stehen. Ein in einen edlen Smoking gekleideter Mann in den Sechzigern stieg aus und schritt erhobenen Hauptes um den Wagen. Die eine Hand hatte er lässig in die Hosentasche gesteckt, das Handgelenk zierte eine prunkvolle goldene Uhr. Ein wild toupierter feuerroter Busch Haare hievte sich aus der Beifahrertür. Es sah aus, als würde die Frisur den kleinen violetten Hut darauf verschlingen. Das musste sie sein. Die Lady mit der toten Katze in Begleitung ihres Mannes. Des Mannes, der so viel Geld besaß, dass er seine ganze Familie fest im Griff hatte.

Ich wollte mich gerade wieder den mit Champagner gefüllten Gläsern zuwenden, als ein weißer Ford Mustang in den Weg einbog.

Krampfhaft versuchte ich das flatternde Gefühl in meinem Bauch zu unterdrücken. Ich wollte das nicht fühlen, und ich wollte auch diese schmerzenden Erinnerungen nicht mehr. Doch in diesem Augenblick, als ich meine Augen schloss, spürte ich ihn mit allen Sinnen. Als würde es erneut geschehen. Als würde er direkt vor mir stehen, und ich würde den Duft seines Parfums einatmen.

Nein, verdammt! Jetzt hör auf damit!

Er hatte mich verletzt, und ich durfte das nicht vergessen. Außerdem musste ich mich nur umsehen, um zu wissen, dass ich nicht in seine Welt passte. Meine Aufgabe war es, hinter diesem Tisch zu stehen, die Gäste freundlich anzulächeln und ihnen, wenn es sein musste, um die Schuhe zu putzen. Das war meine Welt. Also begab ich mich zurück zu meinen Gläsern auf meinem Tisch mit einem aufgesetzten Lächeln. Zurück in meine Welt.

Als ich zum ersten Mal Nachschub holen musste, blieb ich in einer abgeschotteten Ecke stehen um einen Moment durchzuatmen. Angestrengt versuchte ich das lästige nervöse Kribbeln loszuwerden, bevor ich mich wieder auf den Weg zu meinem Tisch begab.

Eine rundliche Dame, die sich selbst als Tante Emma vorstellte, zählte schon zu meinen Stammgästen. Anstatt sich zu den anderen zu gesellen, blieb sie gleich am Tisch stehen und steckte sich Kippe für Kippe zwischen die Lippen. »Gibst du einer alten Frau noch was von deinem Vorrat?«

Das war jetzt schon ihr sechstes Glas innerhalb einer Stunde. Ich besorgte ihr einen Stuhl und setzte sie auf die linke Seite. So saß sie wenigstens weit genug entfernt, damit sie sich nicht selbst bedienen konnte.

»Weißt du was, Kleines?«, johlte sie mit rauchiger Stimme. »Du siehst aus wie die aus dieser Talkshow, die mit dem glänzend-braunen Haar und dem Pony, weißt schon.«

Etwas verwirrt schüttelte ich den Kopf.

»Hast du einen Freund?«

»Nein«, antwortete ich knapp.

»Was für eine Schande.«

Um zwei nahmen die ersten Gäste ihre Plätze ein. Ein kleiner graubärtiger Mann mit einem langen Gewand stellte sich hinter den Altar. Er sah aus wie einer dieser altmodischen Pfarrer, die ich aus den Gottesdiensten kannte, in die mich meine Eltern immer mitgeschleppt hatten.

Als alle saßen, stellte sich eine junge Frau mit einem Mikrofon neben ihn. Mit geschlossenen Augen lauschte sie der einsetzenden Musik. Das letzte Getuschel verstummte mit den ersten Tönen ihrer lieblichen Stimme. Sie versank voll und ganz in den Klängen eines romantischen Achtzigers.

Mein Blick entwich zum Vorplatz, auf dem sich drei Männer versammelten, um dann in gemächlichem Tempo zum Altar zu schreiten. In der Mitte erkannte ich den Bräutigam und zu seiner Rechten Liam. Er trug einen grau-blauen Anzug mit einer Weste und einem weißen Hemd darunter. Seine Blicke trafen immer wieder die seines Bruders. Er stellte sich auf die rechte Seite des Altars und ließ seinen Blick über die Menge schweifen.

Alle Augen richteten sich auf die in ein elfenbeinfarbenes, bodenlanges Kleid gehüllte Braut. Sie schwebte, gefolgt von drei violett gekleideten Brautjungfern, über die Terrasse in den Garten. Am Anfang des Durchgangs machten sie Halt. Durch den Schleier konnte ich die sanften Konturen ihres Gesichtes erkennen. Liams Freundin platzierte sich mit den zwei anderen hinter der Braut.

Auch wenn ich es mir selbst ungern eingestand, musste ich zugeben, dass sie gar nicht so schlecht aussah – auch wenn ich sie nicht leiden konnte. Ja, sie musste die Teufelin in Person sein. Ganz bestimmt.

Zu dem Stück *Halleluja* schritt die Braut, eingehängt bei einem älteren Herrn, zum Altar. Wie in Zeitlupe kam sie ihrem Mann immer näher, bis sie neben ihm zum Stehen kam. Ich konnte nicht jedes Wort des Pfarrers verstehen, aber ich sah Liam. Er war noch immer damit beschäftigt, die Gäste zu inspizieren. Es sah aus, als würde er etwas oder jemanden suchen. Die Teufelin stand zwar mit dem Rücken zu mir, aber ich glaube, sie hatte ihren Blick auf ihn gerichtet.

Wie in Trance starrte ich ihn an, während meine Hände beinahe mechanisch die noch vollen Champagnergläser sortierten. Und dann passierte es – mein Handrücken streifte ein Glas, dass klirrend an ein anderes schepperte, bevor sich die Flüssigkeit über einen Teil des Tischtuches ergoss. Leise fluchte ich vor mich hin und schruppte mit meiner Schürze über die nasse Stelle.

Blöder-Mist! Wieso passieren immer mir solche Missgeschicke?

Mein Blick schweifte zurück zu Liam. Der mich irgendwie ... Sah er mich an? Mit zusammengepressten Lippen versuchte er, sich das Lachen zu verkneifen. Er senkte zwar den Kopf, doch ich sah genau, wie es ihn innerlich zerriss. Mit einem feuerroten Gesicht stellte ich mich kerzengerade hin, tat so als ob nichts passiert wäre und versuchte dabei jedem seiner Blicke auszuweichen.

Es dauerte eine gute Stunde, bis sich das Brautpaar unter Tränen endlich das Ja-Wort gab. Die Leute erhoben sich von den Stühlen und jubelten freudig durcheinander. Die frisch Vermählten verabschiedeten sich durch die tosende Menge ins Innere der Villa.

Wie einfach die Liebe doch sein konnte. Bei anderen schien das so zu sein. Oder war das Geheimnis, es nur so wirken zu lassen?

»Kleines?« Tante Emma wedelte das leere Glas durch die Luft. Widerwillig reichte ich ihr noch eines, bevor eine Flut von Gästen mich überrollte. Ich rannte hin und her zwischen der Küche und meinem Tisch. Balancierend versuchte ich, möglichst nichts zu verschütten. Ich war so beschäftigt, die Gläser herauszureichen, aufzufüllen und freundlich zu lächeln, dass ich alles andere um mich vergaß.

Immer mehr Gäste nahmen auf der anderen Seite des Hauses ihre Plätze ein. Das frisch gebackene Brautpaar setzte sich an den größten Rundtisch.

Liam, seine Verlobte wie auch die Eltern platzierten sich zu ihnen. Eine Schlange von Kellnern in abgestimmten Outfits und silbernen Tabletts eilten in einer Reihe aus dem Inneren der Villa. Einzig der Gang des Brautpaares wurde auf einem goldenen Tablett serviert. Der Duft von frischem Essen schwappte bis zu mir herüber.

Als die Sonne langsam hinter den Hügeln verschwand, füllte sich die Tanzfläche. Zum Gefiedel eines Orchesters bewegte sich die ältere Generation in gemächlichem Tempo. Und während Tante Emma auf ihrem Stuhl schnarchte, fing ich an, die leeren Gläser zusammenzustellen. Ich war zufrieden mit meiner Arbeit. Ich hatte mein Bestes gegeben. Ja, das hatte ich wirklich.

Ich wollte gerade mit einem vollen Tablett um die Hausecke verschwinden, als Liam mit seiner Verlobten die Tanzfläche betrat. Sie tanzten so eng, dass sie sich nicht in die Augen schauen konnten. Stattdessen schaute er mich an. Und wie er das tat. Es fühlte sich an, als ob sich unsere Blicke durch eine unsichtbare Linie aneinander festhielten. Eine Verbindung, die meinen Bauch zum Kribbeln und meine Hände zum Zittern brachte. Ich musste weg. Und zwar so schnell ich konnte.

Also lief ich in die Küche, knallte die Gläser auf die Ablage und machte mich dann daran, den Rest zu holen. Ich durfte einfach nicht hinsehen. Im direkten Weg zum Tisch, Gläser stapeln und zurück – so der Plan. Wie von einer Wespe gestochen hetzte ich zu meinem Tisch, als mich plötzlich eine Melodie ergriff. Sie hielt mich so fest, dass ich mich nicht mehr bewegen konnte. Mit geschlossenen Augen sog ich die Klänge in mich auf. Es war der gleiche Song wie an dem Abend bei der Sommernachtsbar am Fluss, nur in einer instrumentalen Version.

Meine Finger verkrampften sich im seidenen Tischtuch. Dass er mir das antat, machte mich wütend. Waren die letzten zwei Tage denn nicht aufreibend genug gewesen? Für uns beide. Auch wenn ich ihn nicht ansah, spürte ich seine Blicke auf mir. Ich hatte keine Kraft mehr, und auch wenn die Melodie noch immer dahinplätscherte, rannte ich über die Terrasse ins Innere des Hauses.

Im Toilettenraum hielt ich die Hände unter den voll aufgedrehten Wasserhahn, bis sie vor Kälte schmerzten. Dann lehnte ich mich gegen das Waschbecken. Da flog die Tür auf, Liam flitzte herein und drehte den Schlüssel hinter sich ins Schloss. Das ging so schnell, dass ich gar nicht realisierte, was gerade geschah.

Meine Hände klammerten sich an den Rand des Beckens. »Was machst du da?«

Er starrte mich an, dann machte er einen Schritt auf mich zu. »Ich wollte dir sagen, dass ich …«, der Smoking bewegte sich mit den Zügen seines Atems, »… ich kann nicht aufhören, an dich zu denken, und ich weiß nicht, was ich tun soll, denn ich, ich will dich berühren, und ich darf nicht, das macht mich noch wahnsinnig.«

Meine Luftröhre schnürte sich zu, während er noch einen Schritt auf mich zukam. »Bitte verzeih mir«, hauchte er beinahe lautlos.

Ich kriegte kein Wort über die Lippen, und bevor ich auch nur einen Augenblick darüber nachdenken konnte, kam er zu mir, und ich verlor jegliche Kontrolle über mich. Er schlang seine Arme um meinen Rücken und küsste mich so fordernd wie leidenschaftlich. Seine Lippen schmeckten nach Champagner, und der herbe Duft seiner Haut wirkte berauschend, ja, beinahe ekstatisch. Er fuhr über meinen Rücken zu meinem Hintern und hob mich hoch, sodass ich die Beine um seinen Rumpf schlingen konnte. In einem Ruck drehte er sich so, dass ich die Toilettentür an meinem Rücken spürte. Mit der einen Hand drückte er sich an der Tür ab, während er mich mit der anderen am Hintern festhielt. Zwischen Wut und Leidenschaft packte ich mit der Linken seinen Nacken und kratzte ihm mit der rechten Hand über seine Schulter. Er raunte lustvoll, dann presste er seine gewölbte Hose rhythmisch gegen das Zentrum meiner Schenkel.

Was er da tat, erregte mich so sehr, dass ich mich kaum mehr zurückhalten konnte.

Tief atmend wich er ein Stück zurück, dann drückte er seine Stirn gegen meine. »Wir sollten das nicht tun.«

Behutsam fuhren meine Schenkel an seinen Beinen entlang, bis ich den Boden unter meinen Füßen spürte. Ich sah in seinen Augen, dass es ihm genauso viel Selbstbeherrschung abverlangte wie mir.

Seine Stirn lag noch immer auf meiner, und ich schmeckte seinen süßen Atem.

»Was war das?«, hauchte ich und rang nach Luft.

»Es tut mir so leid«, wiederholte er, während seine Fingerspitzen über meine Wangen streichelten. Dann wich er zurück und sah mich mit weichem Blick an.

»Was willst du, Liam?«, fragte ich flüsternd.

»Dich«, wisperte er, »ich will dich, und ich werde das regeln. Ich verspreche es dir.«

»Was willst du denn regeln?«

»Was ich schon lange hätte tun sollen. Treffen wir uns morgen um acht bei der Bar?«

Ich brauchte einige Sekunden, stammelte dann aber trotzdem ein »Ja«, und bevor ich noch weiter nachbohren konnte, drückte er mir einen Kuss auf die Lippen und verschwand so schnell, wie er gekommen war.

9

Die durch mein Schlafzimmerfenster scheinenden Sonnenstrahlen kitzelten mich in der Nase. Mit zusammengekniffenen Augen drehte ich mich auf die andere Seite, doch es war bereits zu spät, ich war wach. Blinzelnd beobachtete ich die im Lichtstrahl fliegenden Staubpartikel.

Die Bilder von gestern fluteten meine Gedanken. Ich sah ihn vor mir stehen. Spürte seine Berührungen auf meiner Haut und den warmen Atem auf meinen Lippen. Es fühlte sich so unbeschreiblich gut an. So echt. Natürlich wusste ich, dass er sie betrog. Was gleichzeitig bedeutete, dass auch ich sie betrog. Oder? Ich wollte mich schlecht fühlen. Ja, das wollte ich wirklich. Doch irgendwie regte sich rein gar nichts. Sie hatte jegliches Schuldgefühl in mir ausgelöscht.

Irina saß auf dem Sofa und glotzte in den Fernseher. Ich versuchte mich an ihr vorbei in die Küche zu schleichen. Doch sie gab mir keine Chance. »Und wie war's?«

»Was denn?«

Mit rollenden Augen gab sie mir zu verstehen, dass sie die Frage nicht wiederholen würde.

»Ganz gut.«

Sie stand auf und stützte die Arme in die Hüften. »Okay, was ist los? Raus mit der Sprache!«

»Was meinst du denn?«

»Vorgestern hatte ich Angst, du springst mir von einer Brücke, und heute geht's dir *ganz gut*?« Ich hörte die Ironie in ihrer Stimme.

»Was ist denn an *ganz gut* nicht in Ordnung?«

»Was hast du getan?«, fragte sie mit aufgerissenen Augen.

Ich war ganz offensichtlich eine miese Lügnerin. Ohne zu antworten, drehte ich mich in Richtung meines Zimmers.

»Nein, nein, nein, stehen bleiben, sofort!« Sie ergriff meinen Arm und drehte mich auf der Stelle.

»Gut, aber versprich mir, nicht auszuflippen, ja?«

»Es gibt was auszuflippen?«, säuselte sie mit glänzenden Augen.

Sie würde nicht lockerlassen. Dafür kannte ich sie zu gut. Also versuchte ich angestrengt, um die schlüpfrigen Details herumzureden. Währenddessen hielt sie sich die Hand vor den Mund, so als wollte sie verhindern zu schreien. »Ihr habt euch geküsst, während der Hochzeit seines Bruders, während du da arbeiten solltest, und während seine Freundin draußen auf ihn wartete?« Ihr Gequieke wurde immer lauter.

»Ja«, murmelte ich.

»Ach du Scheiße! Was hat er bloß mit meiner sanften Schmusekatze gemacht?«

Ich presste die Lippen aufeinander und zuckte etwas ratlos mit den Schultern.

»Und wie geht's jetzt weiter, Tiger?«

»Ehrlich gesagt, ich habe keine Ahnung.« Die hatte ich wirklich nicht. Wollte er seine Verlobte für mich verlassen? Oder würde er mir erneut das Herz brechen? Es war ein Spiel mit dem Feuer, das war mir schon klar. Aber ich konnte nicht mehr zurück. Oder vielmehr wollte ich es nicht.

»Wir treffen uns heute Abend, dann sehen wir weiter.«

»Uh, was macht ihr denn?«, fragte sie, während sie verwegen mit den Brauen wackelte.

»Ich weiß es nicht.«

»Was ziehst du an?«

»Ich weiß es nicht«, wiederholte ich mit etwas mehr Nachdruck.

Lächelnd überspielte sie gekonnt alle Hör-auf-mich-auszuquetschen-Anzeichen, die ich ihr sendete. »Zeig dich, bevor du gehst, ja?«

»Ich würde es nie wagen, einfach zu gehen«, spottete ich, bevor ich die Zimmertür ins Schloss drückte.

Mit weichen Knien schlenderte ich zur Promenade hinunter. Mein Herz klopfte mir bis zum Hals. Ich rieb meine Handflächen aneinander, um mich etwas abzulenken. Sein Wagen hatte noch nicht auf dem Parkplatz gestanden, so konnte ich mich wenigstens noch einen Moment sammeln.

Dort, wo er mir bei unserem ersten Date seine Jacke gegeben hatte, stellte ich mich ans Geländer. Vögel jagten übers Wasser, tauchten ihre Schnäbel ein und erhoben sich wieder in die Lüfte, während quasselnde Fußgänger mit kreischenden Kindern den Weg entlangspazierten. Ein Mann deutete immer wieder an, einen Ast ins Wasser zu werfen, woraufhin sein Hund den Kopf verdrehte und kläffte.

Für einen Moment wünschte ich, wieder auf der anderen Seite des Wassers zu wohnen. Dem Fluss zuzuschauen, war meine ganz eigene Medizin.

»Lola?«

Während ich mich drehte, umklammerte meine rechte Hand das Geländer.

»Wow ... Du siehst ... Wow.«

»Danke«, murmelte ich, während meine Augen sich nicht mehr von ihm lösen konnten.

In der dunkelgrauen Chino und dem feinkarierten Hemd sah er genauso aus wie in meiner Erinnerung.

Liebevoll nahm er meine Hände. »Darf ich?«

Ich stellte mich auf die Zehenspitzen, dann drückte er mir einen Kuss auf die Lippen.

»Gehen wir?«, fragte er grinsend.

»Wohin?«

Er zwinkerte mir zu. »Wirst schon sehen.« Dann hielt er mir den Arm hin, um mich bei ihm einzuhaken. Beim Mustang angekommen, öffnete er mir die Beifahrertür, ging um den Wagen herum und setzte sich hinters Steuer. Irgendwo zwischen

Autobahn und Bahnhof erkannte ich den Weg zum Moore-Haus.

»Du bringst mich aber jetzt nicht zu dir nach Hause?«, fragte ich mit einer leichten Panik in der Stimme.

»Doch«, sagte er lächelnd. »Keine Sorge, meine Mutter ist mit meinem Bruder und seiner Frau heute Morgen nach Los Angeles geflogen, und mein Vater arbeitet.«

Ich sollte mir also keine Sorgen machen? Nach den letzten Tagen und Wochen schien mir das eine schier unüberwindbare Aufgabe zu sein. Würde da nicht dieses unglaubliche Gefühl in meiner Brust pochen, hätte ich ihn mit Sicherheit angeschrien, sofort umzudrehen. Aber ich wollte ihm vertrauen, und ich wollte glauben, dass wir es schaffen könnten. Außerdem war die Sehnsucht nach seinen Berührungen und der Nähe zu ihm einfach zu groß.

Langsam fuhr er den Kiesweg entlang hinters Haus und stellte den Wagen auf einem der leeren Parkfelder ab.

Einen Augenblick war es still, dann legte er seine Hand auf meinen Oberschenkel. »Das ist eine Premiere. Seit er wieder fährt, habe ich ihn noch niemandem gezeigt.«

Er führte mich zu zwei geschlossenen Garagenplätzen, die sich ebenfalls hinter dem Haus befanden.

Mit dem Gerät in seiner Hand öffnete sich das Tor automatisch.

»Darf ich dir vorstellen«, er zog an der dunklen Abdeckung, die über dem Wagen lag, »mein Ford Mustang Fastback.«

»Wow.« Ich starrte auf das Fahrzeug, bei dem selbst ich sah, wie alt es sein musste. Der Kofferraum wirkte wie eine große Schublade und über den roten Lack zogen sich zwei dicke, weiße Streifen.

»Gefällt er dir?« Seine Augen funkelten mich an.

»Er ist toll.«

»Komm schon.« Er eilte um den Wagen, öffnete die Beifahrertür und zeigte auf den kargen Innenraum. »Na los, steig ein.«

Ich setzte mich auf den schwarzen Ledersitz und begutachtete das große, schmale Steuerrad. Im Gegensatz zu seinem neuen Mustang-Modell hatte dieser kaum Knöpfe und schon gar keinen Schnickschnack. Er wirkte pur, ohne Schnörkel, einfach nur klassisch.

Der Motor rumpelte in einem hohlen Ton unter uns auf, und innerhalb kürzester Zeit stieg mir der qualmige Geruch nach Abgasen in die Nase. Sachte legte er den Rückwärtsgang ein, rollte auf den Kiesplatz und stellte den Motor wieder ab.

»Willst du ihn mal ausprobieren?«

»Was? Du meinst, ich soll fahren?«

»Hast du denn einen Führerschein?« Die Frage hörte sich stichelnd an, doch wir hatten nie darüber gesprochen.

»Ich habe einen. Aber es ist sicherlich drei Jahre her, dass ich das letzte Mal gefahren bin.«

Er zog schmunzelnd die Augenbrauen hoch. »Ist wie Fahrrad fahren, dass verlernst du nie.«

»Ja, ich weiß nicht so recht.« Ich konnte meine Verlegenheit nicht verbergen. Die Angst, einen Fehler zu machen, kroch unangenehm durch mich hindurch.

Er drehte sich zu mir, nahm meine Hand und drückte seine Lippen dagegen. »Du solltest dir nicht immer so viele Gedanken machen. Ich weiß, du schaffst das. Komm schon, ich sitze direkt neben dir.«

»Na gut, ich versuche es.«

Also stakste ich auf die Fahrerseite und setzte mich hinters Steuer.

Drei Jahre. Drei Jahre, in denen ich nicht mehr aus dieser Perspektive aus einem Wagen geschaut hatte. Das letzte Mal hatte ich Ron nach Hause fahren müssen, weil er mal wieder so dicht gewesen war, dass er noch nicht mal mehr seinen alten Peugeot erkannt hatte.

»Weißt du noch, was du machen musst?«

»Ja«, stammelte ich und meinte eigentlich nein. Meine Hand zitterte, als ich sie auf der Gangschaltung ablegte.

»Gut, jetzt dreh den Schlüssel und lass ihn langsam kommen.«

Gut? Ich starb innerlich gerade tausend Tode. Als wäre ich nicht schon nervös genug, saß auch noch der Mann neben mir, der meinen Körper auch ohne diese Fahrexperimente zum Beben brachte. Allein das ließ mich schon schwitzen, ganz abgesehen von der Aufgabe, die er mir stellte.

Mein Fuß zog sich behutsam in Millimeterarbeit zurück, während mein Kopf ein Stoßgebet zum Himmel schickte.

»So ist es gut.«

Kaum hatte er die Worte in den Mund genommen, zog ich vor Schreck den Fuß von der Kupplung, und der Wagen würgte hüpfend in den Leerlauf.

»Du darfst nicht ... Bitte sag nicht ... Sag einfach gar nichts, okay?«

Er sah amüsiert zu mir rüber und legte sich die Hand auf den Mund. »Keinen Ton«, flüsterte er belustigt durch die Finger.

»Danke.«

Also noch mal, Schlüssel drehen, den Fuß sachte von der Kupplung lösen, und ... er fährt! Er fuhr wirklich, ich hatte es geschafft.

Mein Gesicht verzog sich ganz von selbst zu einem breiten Lachen. »Ich hab's geschafft.«

»Darf ich wieder sprechen?«

»Ja!«, schrie ich euphorisch.

»Siehst du, es geht doch.«

Als ich spürte, wie sich seine warme Hand um meine legte, stockte mein Atem. Vielleicht lag es an der überschwänglichen Freude, doch auf einmal hatte ich das unbändige Bedürfnis, ihn zu berühren. Ich wollte seine Hände wieder auf meiner

Haut spüren und den Geschmack seiner Lippen kosten.

Wir hatten noch nicht mal die Hälfte der Auffahrt hinter uns gebracht, als ich die Kupplung durchdrückte, bremste und den Motor abstellte.

Er gab einen leichten Druck auf meine Hand und sah mich mit gerunzelter Stirn an. Ich hob die Hand vom Steuerknüppel, legte sie um seinen Hals und zog ihn zu mir. Sanft presste ich meine Lippen auf seine, dann fing er an, sie behutsam zu bewegen. Ich spürte seinen warmen Atem auf meiner Wange und die vorsichtigen Bewegungen seiner Zunge, als er den Mund leicht öffnete. Seine Hand vergrub sich hinter meinem Nacken in den Haaren, und er drückte leicht dagegen.

Unsere Welt stand für einen Augenblick still, und ich spürte seine zärtlichen Berührungen bis in den Grund meines Herzens. Es fühlte sich so echt an. So, als gäbe es nur noch uns zwei und dieses tiefe Gefühl der Verbundenheit. Eine Verbundenheit, die uns wie eine Welle packte und mit sich riss.

Mit geschlossenen Augen wich er ein Stück zurück. »Es tut mir leid, dass ich dich verletzt habe.« Seine Stimme klang ernst und doch zerbrechlich.

»Tu es einfach nie wieder«, flüsterte ich.

Er legte seine warme Hand an meine Wange, und ich drückte leicht dagegen, als könnte ich mich darin vergraben.

»Ich konnte noch nicht mit ihnen sprechen. Weder mit meinen Eltern, noch mit ihr.«

Mit ihr, das hörte sich schon fast wie ein Fluch an. Einer, der mir wie ein Pfeil im Rücken steckte.

Ich lehnte mich zurück in den Ledersitz. »Und, wie geht's jetzt weiter?«

»Ich werde sie verlassen.«

»Für mich?«

Er hielt einen Moment inne. »Für dich, für mich ... für uns.«

»Und was ist mit deinen Eltern?«

Er fuhr sich mit der Hand über die Augen und stoppte bei seinem Mund. »Das wird nicht einfach. Meine Eltern werden meine Entscheidung nicht akzeptieren.« Dann machte er eine Pause, in der ich das Gefühl hatte, ihn laut schlucken zu hören. »Sie ist die Tochter eines Geschäftspartners meines Vaters.«

Als er den Blick nach vorne richtete, streckte ich meine Hand zu ihm aus und ließ meine Finger über seinen Oberschenkel gleiten.

»Du hattest recht«, sagte er weiter.

»Womit?«

»Es war feige«, er drehte seinen Oberkörper und sah mich direkt an. »Ich war feige. Ich gehe schon viel zu lange den Weg des geringsten Widerstandes, es ist an der Zeit, meine eigenen Bedingungen zu stellen.«

Ich sah eine solche Überzeugung in seinen Augen, dass ich keinen Zweifel hatte, dass er es tun würde. Er würde sich seinen Eltern stellen, und ich wusste ganz genau, wie viel Überwindung es ihn kostete.

»Ich werde für dich da sein«, hauchte ich so überzeugend, wie ich es über meine Lippen brachte.

Es dauerte einige Sekunden, aber dann verzog sich seine ernste Miene zu einem Lächeln. »Soll ich dir mal zeigen, was dieses Schmuckstück draufhat?«

Ich biss die Zähne zusammen und verzog die Lippen so, dass er es sehen konnte. »Muss ich Angst haben?«

Kaum hatte ich mich auf den Beifahrersitz gesetzt, heulte der Motor unter uns auf. Grinsend schmiegte er sich in den Sitz. Für ihn gab es scheinbar nichts Schöneres, als das spärliche Leder in seinem Rücken zu spüren.

»Zu deiner Frage: Angst brauchst du keine zu haben, aber einen guten Magen.«

Möglichst offensichtlich versteckte ich die Augen hinter meinen Händen, als der alte Ford langsam losrollte.

Ein Teil des Weges gehörte noch zum Moore-Grundstück, danach heizten wir über abgelegene Straßen irgendwo im Nirgendwo. Wald, Gestrüpp und Felder, nichts anderes gab es weit und breit.

Er fuhr extra schnell in die Kurven, wobei ich irgendwann nicht mehr darum herumkam, einen quiekenden Laut auszustoßen. Er erschrak so, dass er laut loslachte. Auch ich konnte mich nicht mehr halten, und so grölten wir beide, als wären wir gerade auf einer Achterbahn in die Tiefe gestürzt und voller Adrenalin unten angekommen.

Ich weiß nicht, wie lange wir unterwegs waren, vielleicht ein oder zwei Stunden, doch irgendwann tauchte der Bootssteg vor uns auf. Die Yacht bewegte sich friedlich in dem herbstlich kühlen Wasser, der einstrahlende Mond spiegelte sich an der Oberfläche.

Liam stieg aus und wedelte mit der Hand, ich sollte es ihm gleichtun. Er zog eine Decke vom Rücksitz des Wagens, legte sie auf die Kühlerhaube und schwang sich darauf. Einen Arm hinter den Kopf gestützt, wippte er mit den Fingern in meine Richtung. Ich folgte seiner Aufforderung, kletterte vorsichtig zu ihm und legte mich in seinen Arm.

»Wieso magst du mich?«

»Hei, das darfst du nicht fragen.«

Er drückte mich in einem kurzen Impuls seiner Arme noch näher an sich. »Hast du doch auch getan.«

»Ja, genau, das ist meine Frage«, gab ich neckisch zurück.

Er hielt mich fest umschlungen, sodass sich unsere Nasenspitzen beinahe berührten. »Hast du die Frage patentieren lassen?«

»Vielleicht«, stichelte ich. Während ich über die Frage nachdachte, spürte ich sein gebanntes Warten.

»Du bist unheimlich attraktiv, hauptsächlich deswegen.«

»Und?«, fragte er langgezogen.

Mit zusammengepressten Lippen sah ich nachdenklich über seinen Kopf hinweg ins Leere. »Du bist ... nein, warte, ich denke, das war alles.«

»Und du bist sowas von frech.« Er zwickte mich in die Seite, sodass es kitzelte und ich laut loslachte.

»Lola, Lola, wieso bist du nur so frech?«

»Bin ich doch gar nicht.« Ich legte meine Hand an seine Wange, die Stoppeln piksten mich leicht, als ich mit dem Daumen darüberstrich. »Na gut, warte, ich hab's: Du bist charmant, mit dir kann ich lachen. Du bringst mich dazu, Dinge zu tun, die ich ohne dich nie getan hätte.«

»Was meinst du damit?«

Ich musste schmunzeln, als mir die Bilder durch den Kopf schossen. »Angefangen bei dem Date mit einem Fremden, wildes Rummachen an der Hochzeit deines Bruders und, ja, da war noch das Schwimmen bei Sonnenuntergang ... in meiner Unterwäsche.«

»Das war wirklich heiß.«

»Das war doch dein Ziel, gib es zu.«

»Erwischt«, hauchte er, bevor er sich über mich beugte.

Seine Lippen drückten sich gegen meine, während sich seine Hand an meine Hüfte krallte. Unsere Zungen spielten in den rhythmischen Bewegungen unserer Lippen, und was wie ein gegenseitiges Abtasten begann, wurde immer heftiger. Ich vergrub meine Finger in seinen Haaren und drückte ihn an mich. Seine Hand glitt behutsam meine Hüften entlang, bis ich sie unter meinem Pullover auf der Haut spüren konnte.

Schwer atmend wich er ein Stück zurück, stieg von der Kühlerhaube herunter und streckte mir seine Hand entgegen.

Der wärmende Glanz seiner vertrauten Augen entfachte ein loderndes Feuer in meinem Bauch. Ich wollte ihn. Ich wollte alles an ihm, jeden Millimeter seines Körpers. Das Verlangen, ihn zu spüren, packte mich wie eine Sucht.

Mit einem Ruck öffnete er die Tür und klappte die Sitzlehne zu den Rücksitzen runter. Ich weiß nicht, was er machen wollte, aber ich hinderte ihn daran, indem ich meine Handflächen um seine Wangen legte und ihn küsste, dann ließ ich sie auf seine Schultern gleiten und drückte so stark dagegen, bis er nachgab und sich auf den Rücksitz setzte. Ich hockte mich auf seine Oberschenkel und drückte leicht gegen seine Brust, bis er sich nach hinten fallen ließ. Unsere Bewegungen wurden wieder weicher, als ich mich über ihn beugte und ihn küsste.

»Willst du das wirklich?«, wisperte er.

»Ja«, flüsterte ich genauso leise.

Kaum hatte ich seine Frage bestätigt, legte er seinen Arm um meinen Rücken und drehte mich so, dass er plötzlich über mir war. Er sah mir direkt in die Augen, dann beugte er sich vor und fuhr mit den Lippen liebkosend eine Bahn entlang meines

Halses. Eine Welle der Erregung entwich mir in einem leisen Stöhnen. Seine gewölbte Hose drückte sich gegen meinen Schritt, ich löste seinen Gürtel und fuhr mit meinen Fingern an seinem unteren Rücken entlang in die Hose.

Seine Berührungen fühlten sich vorsichtig an, doch nicht so, als wäre er unsicher. Vielmehr spürte ich den Respekt, den er mir entgegenbrachte. Es passte zu ihm, denn auch in diesem leidenschaftlichen Moment fühlte ich seine Stärke, und das war genau das, was ihn so unbeschreiblich attraktiv machte.

Ich zog meine Beine hoch, und stülpte mit meinen Zehen die Hose von seinen Hüften. Zuerst hielt er einen Augenblick inne, dann öffnete er mit einer Hand den Knopf meiner Jeans. Während ich sie mir über den Hintern streifte, verloren wir nicht einmal den Augenkontakt zueinander. Sachte legte er sich wieder auf mich, dann spürte ich seine Erregung durch meinen String. Unsere Lippen bewegten sich rasant aufeinander, dann öffnete ich die Knöpfe seines Hemdes und strich innig über jeden Muskel seines Bauches. Er zog sich zurück, sodass ich mich auf die Unterarme stützen konnte. Sachte half er mir aus meinem Pullover, dann küsste er vorsichtig mein Dekolleté und öffnete mit einer Hand meinen BH.

Zum ersten Mal konnte ich seine nackte, warme Haut auf meiner spüren. Er fühlte sich sinnlich, wild und zugleich zärtlich an. Ich schloss die Augen und ließ mich von dem überwältigenden Gefühl treiben, dass in Form von Blitzen durch meinen Bauch schoss.

Der Luftzug seines Atems strömte gegen meine Lippen, als er leicht zurückwich. »Bin gleich wieder bei dir.«

Auf die Unterlippe beißend schaute ich zu, wie er ein Kondom aus der Brieftasche zog. Es dauerte nicht lange, und doch konnte ich mich kaum gedulden, bis ich ihn wieder ganz nah bei mir spürte. Es war einfach unbeschreiblich, und als ich dachte, mehr könnte ich nicht aushalten, drang er in mich ein.

In dieser Nacht liebten wir uns, bis wir ineinander verschlungen einschliefen.

Ungebremst schoss ich den geteerten Waldweg entlang. Der Sattel knarrte unter meinem Hintern, während mir die kühlte Morgenluft ins Gesicht schlug. Für den Job bei einem Firmenanlass einer Großbank im Grand Casino Baden konnte ich mich endlich mal wieder auf meinen Drahtesel schwingen.

An der großen Kreuzung, in der Mitte der Stadt, entschied ich mich für den Umweg über die Limmatpromenade. In einem Schuss rollte ich über den mit Pflastersteinen bedeckten Weg durch die Altstadt hinab bis zum Fluss. Eine Gruppe Kanufahrer paddelte sich durch die wilden Stellen des Stroms. Vögel flogen zwitschernd durch die sich allmählich aufwärmende Luft, und die ersten Fußgänger schlenderten am rauschenden Wasser entlang.

Hätte ich nur fünf Minuten mehr Zeit gehabt, um die Schönheit dieses Moments in mich aufzusaugen. Aber ich musste ja immer auf den letzten Drücker los. Nach einem Blick auf die Uhr konnte ich wenigstens das Tempo etwas drosseln.

Ich parkte mein Fahrrad und joggte noch fünf Minuten bis zum Eingang des Restaurants. Buschige Sträucher, ein kleiner Teich und gigantische Bäume umsäumten das Gelände. Die Außenterrasse erstreckte sich über die gesamte Front des Gebäudes, und über den weißen Sonnenschirmen leuchtete der Name des Casinos.

Schnaufend drückte ich die massive Glastür auf.

»Lola«, schrie Karen durch den Eingangsbereich, »zieh dich um, ich brauche dich sofort!«

Jarek eilte auf mich zu, packte mich an meinen Schultern und schob mich in die Garderobe.

Wahrscheinlich hatte Karen eine ausstehende Lieferung in eine Art Ausnahmezustand versetzt. Doch die Nervosität beherrschte nicht nur die Chefin und Jarek, alle rannten wie wild durcheinander. Konnte diese Firma denn nicht ohne diese ständige Hetzerei funktionieren? Und diese unerträgliche Anspannung. Wie eine Irre zerrte ich mir die Hose über die Hüften. Am liebsten hätte ich mir die Knöpfe vom Hemd gerissen.

Gut, jetzt ruhig atmen.

Ich presste mir die Hand auf die Stirn und starrte mich im Spiegel an.

»Was machst du denn so lange?« Karen streckte den Kopf durch den Türrahmen.

»Ich komme.«

»Aber hopp«, zischte sie mit gerunzelter Stirn.

Die Mitarbeiter des Casinos hasteten durch die Gänge. Eine Geruchsmischung aus einem süßlichen Frauenparfum und warmem Essen flog mir entgegen. Ich hatte keine Ahnung, was ich machen sollte. Es gab weder eine Info, noch irgendeine Einweisung.

Jarek stampfte auf mich zu, drückte mir ein Tablett mit befüllten Weißweingläsern in die Hand und schob mich erneut mit den Händen an den Schultern in den Saal. An den mit weißen Tischdecken überzogenen Stehtischen tummelten sich ausgelassen durcheinanderredende Gäste. Während die Männer in hochwertigen Anzügen glänzten, präsentierten die Frauen ihre Gucci- und Prada-Taschen wie Schaufensterpuppen.

Ich fühlte mich schon fast wieder wie bei der Hochzeit. Doch nur fast, denn hier wurde ich weder beobachtet noch angestarrt. Im Gegenteil. Irgendwie fühlte ich mich eher wie nicht existent, und so stellte ich mich mal wieder in die nächste Ecke und lächelte freundlich vor mich hin.

Als das Klavier der Live-Band aufspielte, klatschte das Publikum.

Aus Langweile beobachtete ich, wie sich zwei

der Gäste in die hintere Ecke absetzten. Eine junge Frau im Businesslook lächelte und griff dem Herrn gegenüber immer wieder an die Schulter. Er war einiges älter als sie.

Je länger ich den beiden zusah, desto stärker ergriff mich der Verdacht, dass ich ihn schon mal irgendwo gesehen hatte.

Ich tappte ein paar unauffällige Schritte zur Seite, sodass ich ihn noch besser beäugen konnte. Angestrengt überlegte ich einige Minuten, bis mir auf einmal der Kiefer runterklappte.

Ist das etwa Liams Vater, der gerade den Arm dieser jungen Frau streichelt?

Ich hatte ihn bei der Hochzeit nur von weitem gesehen und trotzdem war ich mir auf einmal ziemlich sicher, dass er es sein musste. Er sah dem Mann, der um den Rolls Roys trampte, um der Frau mit der toten Katze die Tür zu öffnen, zum Verwechseln ähnlich.

Ich kniff die Augen zusammen und riss sie wieder auf.

»Wen beobachtest du denn da?« Karen tippte mich von der Seite an.

Ich schreckte aus meinen Gedanken hoch. »Niemanden.«

»Kommst du mal?« Sie zeigte mit dem Finger auf die Küche.

Ich nickte hastig und wendete meinen Blick zurück zur Ecke.

Wo sind sie hin?

Ich sah mich um, konnte sie aber nirgends mehr entdecken. Verwirrt schüttelte ich den Kopf, um das Bild der beiden aus meinen Gedanken zu bekommen. Vermutlich hatte ich mich geirrt. Ja, so musste es sein. Anderes wäre wohl kaum denkbar gewesen.

Karen wollte, dass ich Jarek bei einer verspäteten Getränkelieferung half, bevor ich mich wieder unter die Gäste mischte. Stunden vergingen, ohne dass ich den Herrn und die junge Frau noch mal sah. Am Ende des Abends hatte ich es dann geschafft, mir einzureden, dass das alles nur ein Missverständnis sein konnte.

Ich brachte ein weiteres leeres Tablett in die Küche, als mich Karen endlich zufrieden abwinkte. »Du kannst mir noch helfen, die Gläser in den Transporter zu tragen, dann bist du für heute entlassen.«

Ich packte einen der Kartons und huschte ihr hinterher durch den Eingangsbereich.

»Weißt du, wieviel das Parkhaus hier kostet? Die nehmen das Geld von den Lebenden.«

»Ich habe nur ein Fahrrad.«

Sie schmunzelte mich an. »Wie könnte es auch anders sein?«

War das eine rhetorische Frage? Ich hatte einen Führerschein – sogar schon seit einigen Jahren. Nur war ich danach nie wirklich gefahren. Wieso auch? Mein Fahrrad hatte mir immer gute Dienste geleistet. Außerdem war so ein Wagen echt teuer.

Diese Frau konnte einfach nicht in normalem Tempo gehen. Ganze fünf Mal rannte ich ihr hinterher, bis alle Kartons im Transporter verstaut waren.

»Bist fertig für heute.«

»Danke«, schnaubte ich völlig außer Atem.

»Lola«, rief sie mir nach, »hast dich heute echt gut gemacht!«

Völlig erschöpft hockte ich mich an den Küchentisch und starrte auf mein Handy. Dann packte ich es, wählte Liams Nummer und legte sofort wieder auf. Gedankenverloren schlurfte ich ins Wohnzimmer, in der rechten Hand das Telefon. Ich hob es hoch, wählte noch einmal, legte erneut wieder auf und schmiss es in die Sofaecke.

Ich durfte ihn nicht bedrängen. Er hatte mich um Zeit gebeten.

Mein Hintern plumpste auf den weichen Untergrund. Hastig zappte ich mich durchs TV-Programm, doch ich konnte mich auf keines der vorbeiflimmernden Bilder konzentrieren. Ich ließ mich nach hinten fallen und glotzte mit offenem Mund an die Decke. Irgendwann klappten mir die Augen zu und ich dämmerte davon.

Erst das Ringen der Türklingel schreckte mich wieder auf. Orientierungslos musterte ich den Raum. Mit dem zweiten Klingeln stand ich auf. Wer konnte das sein? Irina würde nicht extra klingeln, außer sie hätte den Schlüssel verloren. Was ich ihr durchaus zutraute.

Tappend näherte ich mich der Eingangstür und öffnete sie einen Spalt. Als ich ihre feuerroten Haare sah, verschlug es mir den Atem.

10

Mit dem knielangen Pelzmantel und den glänzenden Augen wirkte sie wie ein wildes Tier. »Mädchen«, krächzte sie, »du denkst doch nicht, dass ich dein Geplänkel mit meinem Sohn gutheiße?« Ihre Hände ruckelten unruhig in den Manteltaschen.

»Woher wissen Sie …?«

»Denkst du ernsthaft, dass du auf unser Grundstück kommen kannst, ohne dass ich davon in Kenntnis gesetzt werde? Das ist äußerst töricht, Mädchen«, unterbrach sie mich nüchtern und schüttelte dabei den Kopf.

Ich sah zwischen ihrem faltigen Gesicht und dem Fußboden hin und her. Meine Hände verkrampften sich um den Türgriff, und die Hitze staute sich in meinen Wangen. »Frau Moore, ich …«

»Wir machen es kurz und schmerzlos«, unterbrach sie mich erneut scharf, während sie einen weißen, dicken Umschlag aus der Manteltasche zog. »Das sollte dich zur Vernunft bringen.« Mit ihrer in einen schwarzen Lederhandschuh gehüllten Hand streckte sie ihn mir entgegen.

»Was? Was ist das?«

»Zehntausend Franken, und du hältst dich auf der Stelle von ihm fern.«

»Was?«, hauchte ich fassungslos. Es dauerte einige Sekunden, bevor ich verstand, was sie mir da gerade unter die Nase hielt. »Nein! Ich, ich will Ihr Geld nicht.«

Ihre Lippen, die sowieso schon wie zwei Striche aussahen, zogen sich noch enger zusammen, gleichzeitig weiteten sich die Pupillen ihrer eisblauen Augen. »Zwanzigtausend. Das ist mein letztes Angebot.«

Ungläubig starrte ich auf den Umschlag in ihrer Hand.

Ich konnte es nicht fassen. Sie wollte mich ernsthaft mit Geld von Liam fernhalten. Und das war ihr zwanzigtausend Franken wert?

Meine Hand krallte sich immer fester um den Türgriff. »Frau Moore, ich will Ihr Geld nicht.«

Sie schnaubte, steckte den Umschlag zurück in die Manteltasche und kam einen bedrohlichen Schritt auf mich zu. »Ich werde nicht zulassen, dass eine wie du alles zerstört. Hast du mich verstanden?«

Sie stand so nah, dass sich ihr stechendes Parfum in meine Lunge bohrte.

Ich fühlte mich völlig überrollt. Mein Körper stand da, doch meine Gedanken verirrten sich in einem endlosen Durcheinander. Ich wusste nicht mehr, was ich sagen sollte, und so kam nur noch »Woher wissen Sie, wo ich wohne?« flüsternd über meine Lippen.

»Phaa«, sie lachte so prustend, dass mir ein Tropfen ihres Speichels auf die Stirn spritzte. »Du hast wohl keine Vorstellung davon, wer hier vor dir steht. Mädchen, ich sage es jetzt ein letztes Mal: Halt dich von meinem Sohn fern.« Ihr Finger berührte beinahe mein Kinn.

Meine Beine wurden immer schwerer, und ihre Stimme hallte in meinem Kopf. Ich kannte sie nicht, und doch schmerzten ihre Worte. Es fühlte sich an, als ob sie sich mitten durch mein Herz fraßen. Ich wusste von Anfang an, dass Liam in einer anderen Welt lebte, doch jetzt spürte ich es zum ersten Mal mit allen Konsequenzen.

Sie ließ ihre Schultern kreisen, so, als müsste sie ihren Mantel zurechtrücken, schickte mir einen letzten drohenden Blick und stöckelte erhobenen Hauptes davon.

Ich keuchte. Mein Herz schlug noch immer in panischer Geschwindigkeit, und ich brauchte Luft. Luft für mein Gehirn, meine Gedanken. Sie wollten mich nicht. Seine Eltern hassten mich. Sie hassten alles an mir. Würden sie Liam dazu bringen, mich ebenfalls zu verachten? Versuchen würden sie es. Ganz bestimmt würden sie das.

Mir wurde übel. So richtig übel. Ich rannte durchs Wohnzimmer und erreichte die Toilette, kurz bevor ich mich übergab. Alles musste raus, die ganze Anspannung. Die Angst.

Mit Tränen lehnte ich mich an die kühle Wand, sog die Luft kontrolliert durch den Mund, schloss die Augen und legte die Hand auf die Stirn.

»Lolita?« Ein leises Klopfen ertönte durch die Badezimmertür. »Darf ich reinkommen?«

»Moment.« Ich betätigte mit letzter Kraft die Klospülung, wusch mir das Gesicht und drückte den Türgriff.

»Was ist denn mit dir los?« Irina hockte sich vor mich und legte ihre Hände an meine Wangen. Sanft wischte sie mit den Daumen die Tränen unter meinen Augen weg und drückte die Lippen gegen meine Stirn. »Was ist denn passiert?« Ihre Stimme klang samtweich.

»Liams Mutter, sie …, sie war hier.«

»Ach was? Die Alte mit dem toten Tier um den Hals?«

Ich sah sie fragend an. Ein bedrücktes Lächeln zog sich über ihre Lippen. »Da stand ein Jaguar vor dem Haus. Ich dachte schon, die hätte sich verfahren.«

»Das war Liams Mutter. Und, und sie hasst mich«, platzte es schluchzend aus mir heraus.

»Was? Nein, nein, niemand hasst dich. Dich kann man nicht hassen, glaub mir, ich habe es oft versucht.«

Zwischen das Beben meines Mundes drückte sich ein einzelner Lacher, verschwand dann aber gleich wieder unter den rollenden Tränen.

Sie schlang ihre Arme um mich und strich sanft mit der Hand über meinen Hinterkopf. »Es wird alles gut. Ich werde nicht zulassen, dass dich jemand so behandelt, das verspreche ich dir.«

»Bist du wach?«, fragte sie ohne Rücksicht darauf, dass ich es bis gerade eben noch nicht war.

»Was willst du«, murmelte ich im Halbschlaf.

»Da lag ein Brief im Briefkasten.«

»Musst du so laut sprechen?«

»Tu doch nicht immer so zimperlich.« Mit einem Ruck klatschte die Tür in die Angel. »Du solltest das lesen.«

Das Bett wippte, als sie ihren Hintern darauf platzierte.

Durch die verquollenen Augen sah ich ihren ernsten Ausdruck, der so gar nicht Irina-typisch aussah. Das letzte Mal, als sie mich so angesehen hatte, war ich vor der Notaufnahme aus dem Wagen gerissen worden.

»Was für ein Brief?«, murmelte ich.

Sie streckte mir einen verbeulten Umschlag entgegen. Auf der Vorderseite stand mein Name in Großbuchstaben.

Lola!

Ich bin unterwegs zum Flughafen. Nach dem Gespräch mit meinen Eltern werde ich eine Zeit bei meinem Bruder in Beverly Hills unterkommen. Sähe ich eine andere Möglichkeit, würde ich bleiben. Ich werde dich vermissen, bitte verzeih mir.

Ich drehte und begutachtete den Zettel von allen Seiten. Nur das wappenähnliche Zeichen am Briefkopf ließ auf Liam schließen, denn es stand noch nicht mal ein Name unter dem Text.

Mit zitterndem Daumen fuhr ich über die abgerissene Kante am unteren Ende des Briefes. War das einer ihrer boshaften Versuche, mich von ihm fernzuhalten? Hatte seine Mutter das Gefühl, ich hätte die Drohung nicht ernst genommen? Hastig krallte ich mein Handy und tippte seine Nummer:

Die von Ihnen gewählte Rufnummer ist nicht vergeben.

Das konnte nicht sein! Ich wählte erneut:

Die von Ihnen gewählte Rufnummer ist nicht vergeben.

»Lolita, was ist los?«

Irinas Hand lag auf meinem Rücken. Sie saß noch immer auf der Bettkante und starrte mich an.

»Ich weiß es nicht«, hauchte ich fast lautlos. Ich knüllte den Brief zusammen, schmiss ihn auf den Boden und vergrub mein Gesicht in den Händen. Meine Gedanken suchten nach einer Erklärung. Einem Sinn. Nach irgendeinem Hinweis. Ich hatte etwas übersehen, ganz bestimmt.

»Was ist das?«

Irina zerrte an meinen Fingern.

»Was ist was?«, schnauzte ich sie an.

»Na, das da«, sie drückte mir etwas Festes in die Hand, »Ist das ein Autoschlüssel?«

Ich drehte den Schlüssel so, dass ich die Inschrift vom Anhänger lesen konnte: *Ford Mustang.*

»Was zum …?!«, mit einem Satz sprang ich aus dem Bett und stürmte ins Wohnzimmer.

»Wo willst du denn hin?« Ich hörte ihr Getrampel in meinem Rücken. »Jetzt warte doch mal.«

»Das hat er nicht wirklich getan!« Die Haustür knallte gegen die Wand.

»Du solltest wirklich nicht …«

»Was zum Teufel macht dieser scheiß Wagen vor unserer Haustür?!« Ich schmiss meine Arme in die Luft, rannte zum Vorderrad und kickte solange dagegen, bis Irinas Hände mich nach hinten zogen. »Jetzt hör auf damit. Du wirst dich jetzt sofort beruhigen, klar?«

Sie umschlang mich mit voller Kraft.

Ihre Nähe ließ mich zusammensacken. Meine Gedanken sträubten sich gegen die aufkommenden Tränen. Ich kämpfte gegen das Loch, das sich schmerzlich durch meine Brust fraß.

Ich dachte, wir würden einen Weg finden. Einen gemeinsamen Weg. Doch er spielte mal wieder sein eigenes Spiel. Nichts weiter als ein dummes Spiel. Eines, in dem ich eine Figur darstellen sollte, die einfach mitspielte? Nicht mit mir!

Ich sah auf den Schlüssel in meiner rechten Hand und schmiss ihn in hohem Bogen ins nächste Gestrüpp. Ich wollte diesen Wagen nicht. Nicht als Trost und schon gar nicht als eine Art Bestechung. Ich wollte ihn einfach nicht.

»Sag mal, bist du jetzt völlig bekloppt?« Sie ließ von mir ab und spurtete in Richtung Straßenrand. »Da bekommst du das abgedrehteste Schlussmachgeschenk und schmeißt es weg?«

»Kannst es haben«, murmelte ich auf dem Weg zum Treppenhaus. Ich wollte keine Sekunde länger darüber nachdenken. Zum Glück machte er es mir so einfach, denn ich wollte nichts lieber, als ihn nie wiederzusehen.

Niedergeschlagen kroch ich zurück in mein Bett und zog die Bettdecke über meinen Kopf. Ich wollte nicht weinen, und trotzdem pressten sich die Tränen durch meine geschlossenen Lider. Ich hätte es besser wissen müssen, und das machte mich so wütend – auf ihn – auf mich – und auf die ganze Welt. Wieso hatte ich ihm vertraut? Hatte ich denn nichts aus der Vergangenheit gelernt? Verdammt noch mal!

»Lolita?«, hörte ich Irinas dumpfe Stimme, während ich ihre Hand durch die Bettdecke auf meinem Oberschenkel spürte. Sie packte sanft zu und rüttelte an mir. »Jetzt komm schon, sprich mit mir.«

Murrend wehrte ich mich, als sie an der Bettdecke zerrte. »Was willst du von mir?«

Ihre Augen glänzten aufgebracht. »Siehst du, was dieser Liam mit dir macht? Dieses ständige Auf und Ab ist ja nicht auszuhalten!«

Ich öffnete den Mund und schloss ihn wieder. Seit ich Irina kannte, hatte ich noch nie eine solche Entschlossenheit in ihren Augen gesehen. Sie brauchte mir nicht zu sagen, dass sie froh war, dass Liam weg war, denn ihre Augen schrien es mir förmlich entgegen. Ich setzte mich auf, zog die Beine zum Bauch und umschloss sie mit beiden Armen. Eine Weile verfielen wir in eine stumme Konversation, bevor sie sich leise räusperte. »Gut«, sagte sie besonnen, »und jetzt werden wir folgendes tun: Ich hole uns einen Kübel von dem leckeren Schokoeis aus dem Gefrierfach, du setzt dich währenddessen auf die Coach und dann essen wir so viel davon, bis uns schlecht ist, in Ordnung?« Sie hatte ihre Augen so weit aufgerissen, dass ihre Stirn in Falten lag.

Ich nickte resigniert. Ihr zu widersprechen erschien mir als keine gute Idee, außerdem hatte ich definitiv zu wenig Energie, um mich gegen ihren sturen Kopf zu wehren. Schlurfend folgte ich ihr ins Wohnzimmer, wo ich mich zusammengekauert in den Kissen der Coach vergrub. Keine zwei Minuten später landete ein Pappbecher Schokoeis in der Größe einer Familienpackung vor meiner Nase.

»Danach wird es dir besser gehen«, nuschelte sie mit dem Löffel im Mund. »Mit jedem Bissen lässt du diesen Typen ein kleines Stückchen weiter hinter dir – bis nur noch der leckere Geschmack von Schoko übrigbleibt. So habe ich es immer gemacht, du kannst mir also vertrauen, dass ist eine bombensichere Sache. Außerdem finde ich, du solltest ihn so schnell wie möglich vergessen.« Den letzten Satz kauderte sie kaum hörbar vor sich hin.

Angestrengt schenkte ich ihr ein zustimmendes Schmunzeln, während sie mir unbeirrt einen vollen Löffel zwischen die Lippen schob. Die Kälte zog sich in einem ziehenden Schmerz von meinen Zähnen in den Kopf. Schaudernd setzte ich mich auf.

Irina stocherte ein Loch in die braune Masse. »Weißt du eigentlich, dass Ron seit seinem Aufenthalt in der Klinik nichts mehr getrunken hat?«

Ich schaute mit müden Augen zu ihr rüber. »Nein, und es ist mir auch egal.«

Ein undefinierbares Murmeln kam aus ihrer Kehle, bevor sie hörbar Luft holte. »Ich habe letzte Woche gedacht, ich könnte ihn ja mal besuchen.«

Ich zog eine Braue hoch und überlegte einen Moment, was sie mir damit sagen wollte. Wortlos nickte ich mit dem Kopf, um sie zum Weiterreden zu animieren.

»Also habe ich ihn besucht«, ergänzte sie vorsichtig.

»Und das sagst du mir jetzt, weil?«, fragte ich und kniff dabei meine Augen zu kleinen Schlitzen zusammen. Sie zog ihre Lippen kurz in den Mund und musterte meinen Blick, in dem sie ganz offensichtlich etwas zu lesen versuchte. »Na, weil ich dir sagen wollte, dass es ihm gut geht.«

Verwirrt schüttelte ich den Kopf. »Das ist aber schön für ihn«, entgegnete ich ironisch und stopfte mir gleich den nächsten Löffel Eiscreme in den Mund.

»Nicht wahr?«, sie lächelte.

Hätte sich nicht dieses schmerzende Gefühl der Leere durch meine Brust gefressen, hätte ich sie zu gern angeschrien, diesen Unsinn sofort zu lassen. Doch ich konnte es nicht. Nicht jetzt, denn ich fühlte mich wie gelähmt. Unfähig, meine beste Freundin von der dubiosen Freundschaft zu diesem Irren abzuhalten. Trotzdem schwor ich mir, ein Auge auf die beiden zu werfen, denn wenn es sein musste, würde ich alles für sie tun.

Gespielt heiter lächelte ich ihr zu.

11

Die Tage vergingen wie die fallenden Blätter im Herbst, die den Winter in die Straßen der Stadt trugen.

Tröpfelnd verabschiedete ich mich von dem idiotischen Gedanken, dass doch noch alles wieder gut werden könnte. Natürlich behauptete ich noch immer, es wäre mir völlig egal. Damit wollte ich nicht nur Irinas Bemerkungen, sondern auch meinen eigenen Gedanken aus dem Weg gehen. Doch mit der Zeit fiel es mir zunehmend schwerer, mich selbst zu belügen.

Was mit nächtlichen Tränen begann, wandelte sich allmählich in eine pochende Wunde. Auch wenn ich mich vehement dagegen wehrte, spürte ich, wie sie immer wieder ein Stück aufriss. Ich hatte seit Tagen nicht richtig geschlafen, was wohl mit meiner Verdrängungstaktik zusammenhängen musste.

Was mache ich bloß mit dir?

Ich stand nun schon seit geschlagenen fünfzehn Minuten auf dem verschneiten Parkplatz und drehte den Schlüssel in meinen Händen. Er sah aus, als wäre ein Schulbus durch eine Pfütze gerauscht und hätte den Lack mit Matsch gesprenkelt. Seit drei

Monaten stand er schon da – unberührt. Noch nicht mal die Vermieterin hatte sich beschwert. Ja, wieso eigentlich nicht? Wollte sie keinen Ärger mit dem Besitzer des protzigen Gefährts?

Ich schlenderte im Halbkreis um die verdreckte Hülle und begutachtete sie von allen Seiten.

Was würdest du wohl sagen, wenn du nicht nur so eine blöde Schrottkarre wärst?

Ich mochte den Wagen nicht, denn er erinnerte mich an meinen Schmerz. Doch er war das letzte Überbleibsel seiner Existenz. Ohne diesen Haufen Blech hätte ich gar nichts mehr, wonach ich greifen konnte. Dann wäre er nur noch eine Erinnerung. Nicht mehr und nicht weniger. Ich hatte mich wochenlang in Gedanken gezwungen, die Situation zu akzeptieren. Redete mir ein, ihn nie wiederzusehen, und doch gab es da dieses kleine Licht. Schon klar, ich hätte es längst ausblasen sollen, und doch kämpfte mein Herz kriegerisch dagegen an.

Ich öffnete den Wagen mit einem Klick, setzte mich hinein und schloss die Augen. Der vertraute Geruch nach Leder würgte die Bilder der Vergangenheit hoch. Ich griff an meine Brust und drückte dagegen. Verkrampft lehnte ich mich in den Sitz, schüttelte die Beine aus und konzentrierte mich auf meinen Atem.

Ich wusste, es gab nur zwei Möglichkeiten: Entweder würde ich sofort zurück in die Wohnung gehen oder ich drückte den runden Knopf, auf dem

Start stand. Kaum darüber nachgedacht, heulte der Wagen unter mir auf. Es hörte sich an, als wollte er sich bei mir über die Unaufmerksamkeiten der letzten Monate beschweren.

Vielleicht sollte ich eine Runde mit dir fahren?

Sollte ich das wirklich tun? Genau genommen gehört er ja mir. Es gab nur ein Gas- und ein Bremspedal – und ein Hoch auf die Automatik. Außerdem würde die Heizung schneller anlaufen mit etwas Power.

Im Schritttempo rollte ich mit dem Mustang über den Vorplatz in Richtung Nebenstraße. Meine Hände umfassten das Steuerrad, und ich traute mich kaum, die Fußspitze zu bewegen. Wie ein Klammeraffe starrte ich die Ausfahrt hinunter.

Okay, jetzt oder nie. Nur diese eine Fahrt.

Erleichtert über die autofreie Straße, testete ich das Gas und die Bremse wie ein Fahrschüler. Hoffentlich sah mich niemand, sonst war ich meinen Führerschein bestimmt los.

Allmählich klappte es immer besser, und ehe ich mich versah, landete ich in der Innenstadt von Baden. Je länger ich in dem Wagen saß, desto anregender fand ich es. Doch so richtig aufs Gas zu drücken, konnte ich vergessen. Die Staus in der Stadt waren schon legendär, seit ich denken konnte. Also fuhr ich kurzerhand zur Autobahnauffahrt in Richtung Zürich. Butterweich flog ich über den Boden, überholte die beiden rechten Spuren und drückte den Fuß soweit es ging nach unten.

Die Schübe versetzten mich in eine Art Rausch. Ich musste lachen.

Vor mir lag eine Ausfahrt, die ich nur zu gut kannte. Mein Verstand befahl mir, sofort zu wenden. Doch die Gier, die die Gedanken an die Vergangenheit in mir auslöste, kribbelte durch meinen Körper. Ohne länger darüber nachzudenken, verabschiedete ich mich von jeglicher Vernunft und fuhr den Weg, der nach ungefähr zehn Minuten zu unserem Steg führte. Mit schwitzenden Händen bog ich in die Nebenstraße ein, auf welcher ich auf einer Geraden den Anfang der Lichtung erreichte. Die Wipfel der Bäume ragten steil in die Höhe. Der Wind verwehte den auf den Kronen liegenden Schnee in alle Himmelsrichtungen. Rollend durchkämmte ich die ersten paar Meter, bis ich am Straßenrand zum Stehen kam.

Die anfängliche Euphorie zerfiel unter einem schweren Stein aus bohrendem Schmerz. Je näher ich meinem Ziel kam, desto heftiger nahm die Erinnerung mein Herz in Besitz.

Verdammt, was will ich hier?

Röchelnd stieß ich die Fahrertür auf und zog mich aus dem Sitz. Auf meinen Oberschenkeln abgestützt, kniete ich mit dem Rücken gegen die Tür und schnappte nach Luft. Meine Wangen schmerzten von dem stechenden Wind, und auch mein Körper fühlte sich zunehmend starr an. Ich schloss die Augen, hielt die Finger ans Handgelenk und konzentrierte mich auf den Rhythmus meines Herzens.

Schlag um Schlag pulsierte es wie die Bewegungen eines Pendels. Ich fühlte mich grauenhaft. Das Einzige, was ich noch spürte, war das Anheben und Senken meines Brustkorbes. Doch die Bewegungen wurden langsamer, bis ich sie kaum noch wahrnehmen konnte. Meine Glieder fühlten sich taub an. Verzweifelt versuchte ich etwas zu erkennen, doch ich sah nur Schwarz, fühlte ein Stechen in meiner Brust und diese unbändige Leere, die sich in meiner Seele ausbreitete.

Liam? Für einen Augenblick sah ich seine Umrisse, dann hörte ich das Flüstern seiner Stimme. Seine Stimme. Er war gekommen. Jetzt würde alles gut werden.

»Miss?«

Meine Augen brannten so höllisch, dass ich sie kaum öffnen konnte. Wieso blendete man mich auch mit diesem schrecklich grellen Licht?

»Miss, sind Sie wach?«

Beim Versuch zu antworten, hörte ich einen Schluchzer. Ich versuchte mich zu räuspern, doch es kam nur ein Wimmern aus meiner Kehle.

»Sie brauchen sich nicht zu fürchten, es ist alles in Ordnung.« Ihre Stimme klang so lieblich wie der Gesang eines Vogels. Ich kannte sie nicht, aber ich vertraute ihr.

Bevor mein Körper bereit war, sich zu orientieren, verschlang mich die Dunkelheit ein weiteres Mal.

Panisch füllte ich meine Lungen mit Luft und schreckte auf. Ich lag auf einem weichen Untergrund, bedeckt mit einer hellbraunen, samtigen Bettdecke. Nervös sah ich an mir herunter, riss die Bettdecke hoch und sah auf meine bedeckten Beine.

Himmel, in wessen Kleidern steckte ich?

Ich sah mit aufgerissenen Augen aus dem riesigen Terrassenfenster, fuhr mit dem Blick an den Wänden entlang und landete bei einem Schreibtisch, neben dem ein deckenhohes Bücherregal stand. Ein ratterndes Geräusch ließ meinen Blick zur Tür schnellen. Mein Herz beschleunigte sich, als sie sich einen Spalt öffnete.

»Miss, sind Sie wach?«, fragte die liebliche Stimme. Das Gesicht einer jungen Frau erschien im Türrahmen, sie lächelte mich freundlich an.

»Wo bin ich?«, fragte ich panisch.

»Sie sind auf dem Anwesen der Moores, Miss.« Der Ausdruck ihrer warmen Augen passte zu ihrer Stimme. Sie hatte ihr dunkelbraunes Haar zu einem Dutt hochgesteckt und eine Kochschürze um die Hüften gebunden. »Mister Moore hat den Wagen seines Sohnes gesehen und Sie dort gefunden. Sie sollten bei dieser Kälte draußen wirklich kein Nickerchen machen.« Selbst ihr neckischer Scherz hörte sich zutiefst höflich an.

»Wie lange bin ich schon hier?«

»Eine Nacht, Miss. Sie waren wohl ziemlich müde. Geht es Ihnen besser?«

»Ich denke schon«, stotterte ich vor mich hin. »Wo sind meine Kleider?«

»Ich habe sie Ihnen da drüben hingelegt.« Sie zeigte auf einen roten Samtsessel. »Sie waren völlig durchnässt, verstehen Sie?«

»Ich denke schon.«

Ihre Augenlider klimperten, dann atmete sie einmal tief. »Sie sollten sich jetzt anziehen und dann nach unten kommen. Ich habe Frühstück gemacht, und Mister Moore sagt, Sie können mit ihm essen.« Sie drehte sich weg und verschwand, bevor mein Gehirn die Bedeutung ihrer Worte verstand. *Essen? Mit Liams Vater?* Nein, nein, nein ... Ich konnte mit diesem Mann nicht an einem Tisch sitzen. Geschweige denn mit dieser rothaarigen Hexe. Ich musste hier raus, so schnell wie möglich.

Ich schob die Bettdecke von mir, sprang aus dem Bett und griff nach meinen Kleidern. Unterwegs trat ich noch auf die viel zu lange Trainingshose, die ich noch nicht mal abstreifen musste, denn sie fiel automatisch zu Boden.

Leise schlich ich den Korridor entlang, vorbei an monströsen Gemälden von Vorstadthäusern und Villen. Am Ende des Ganges hing ein perfekt inszeniertes Familienportrait. Die Augen seiner Mutter glänzten darauf mit einer solchen Kälte, dass es mich schauderte. Die Beziehung, die sich zum Rest ihrer Familie abzeichnete, sah keineswegs gesund aus.

Ich legte meine Hand aufs Geländer und sah auf

meine Füße, die Schritt für Schritt über die Treppen-
stufen glitten. Je näher ich dem unteren Stock kam,
desto stärker wurde der Duft nach Kaffee und frischem Brot. Es roch wirklich unglaublich gut, aber
die Anspannung in meinen Gliedern war stärker.
Jede Faser meines Körpers wollte hier raus.

Auf der letzten Stufe sah ich vorsichtig um die
Ecke. Erleichtert stellte ich fest, dass ich die Umgebung von der Hochzeit wiedererkannte. Die Küche
befand sich auf der rechten Seite, von wo aus ich
das Brutzeln einer Pfanne und die leise Musik hören
konnte. Ich tappte um die linke Ecke, dann durch
den langen Korridor in Richtung Ausgang. Gott sei
Dank, meine Schuhe standen auf der Fußmatte. Nur
noch ein paar Schritte, und ich hatte es geschafft.

»Wollten Sie sich nicht verabschieden?«

Ich schreckte so heftig auf, dass ich einen will-
kürlichen Laut von mir gab. Mit seinen Blicken im
Rücken drehte ich mich langsam auf der Stelle, bis
sich seine Gestalt vor mir aufbäumte.

Er trug einen dunkelblauen, karierten Pullover
mit Kragen und eine schwarze Stoffhose. Seine kurzen, grauen Haare hatte er in einem Scheitel zur
Seite gekämmt, und auf seiner Nase lag eine Brille
mit schmalen Gläsern.

»Herr Moore, es tut mir leid … Ich …«, stotterte
ich vor mich hin.

Seine Augen wirkten überraschend freundlich.
Er hatte seine linke Hand lässig in die Hosentasche
gesteckt. »Darf ich Sie bitten?« Seine mit einem

amerikanischen Akzent durchzogene Stimme klang so nachdrücklich, dass ich für einen Augenblick vergaß zu atmen. Er drehte sich etwas ab und hielt seine rechte Hand so, dass es aussah, als wollte er mich zum Tanzen auffordern.

Es dauerte einen Moment, bis ich realisierte, dass ich ihn wie eine Statue anstarrte. »Entschuldigen Sie, aber, ich will keine Umstände machen.«

Seine Lippen zuckten leicht, so, als müsste er eine Gefühlsregung unterdrücken. »Folgen Sie mir, bitte.«

Ich identifizierte die höflich formulierte Frage als Aufforderung und setzte mich zaghaft in Bewegung. Er ging erhobenen Hauptes ins Wohnzimmer und stellte sich hinter einen Stuhl am Kopfende eines üppig gedeckten Frühstückstisches. »Was mögen Sie lieber, Tee oder Kaffee?«

»Kaffee.«

Auffordernd zeigte er auf den Stuhl, nickte der jungen Frau zu und nahm dann selbst am anderen Ende des Tisches Platz.

Ich setzte mich und rieb die feuchten Hände an meinen Jeans ab. Das Einzige, was mich ein bisschen beruhigte, war die Tatsache, dass Liams Mutter nirgends zu sehen war.

Er setzte sich und kippte den Kopf so, dass er mich über das Brillengestell hinweg ansehen konnte.

Sein Blick hatte etwas Undurchschaubares, etwas, was ich noch nicht einordnen konnte.

»Wie ist Ihr Name, Miss?«, fragte er gespenstisch ruhig.

»Lola.«

»Lola, kennen Sie meinen Sohn, Liam?«

»Ja?«, entgegnete ich, als Frage formuliert.

»Wieso hatten Sie den Wagen von meinem Sohn?«, fragte er, ehrlich interessiert. Ich überlegte für einen Moment und sah dabei zwischen seinen Augen hin und her.

»Ich habe ihn nicht gestohlen, wenn Sie das meinen. Er hat ihn mir gegeben«, stellte ich klar.

Er räusperte sich und verkeilte seine Finger auf dem Tisch ineinander. »Dann frage ich Sie noch mal, Miss Lola, kennen Sie meinen Sohn wirklich?«

»Ja, Herr Moore«, wiederholte ich energischer.

»Dann wissen Sie ja bestimmt, dass mein Sohn sein Fahrzeug niemals jemandem ausleihen würde.«

Angestrengt beobachtete ich jede Falte seines Gesichtes, dass für eine ganze Weile wie erstarrt schien.

»Ich wollte den Wagen nicht. Liam hat ihn mir vor die Tür gestellt und ist dann nach Los Angeles geflogen.« Diese Worte aus meinem Mund zu hören, irritierte mich selbst. Ich kannte diesen Mann gerade mal ein paar Minuten und hatte kein Interesse daran, mit ihm darüber zu sprechen, wie sein Sohn mich verlassen hatte. Schon der Gedanke, an diesem Tisch sitzen zu müssen, lag mir wie ein Stein im Magen.

»Wollen Sie mich jetzt festnehmen lassen?«, hauchte ich stotternd.

Ein grummelndes Lachen kam aus den tiefen seines Bauches. »Eigentlich sollte ich das tun, aber keine Sorge – das habe ich nicht vor.«

Ich hatte die Luft angehalten und nun atmete ich erleichtert aus, als die nette Dame den Raum mit einer silbernen Kaffeekanne betrat. »Miss, hier, Ihr Kaffee. Bitte bedienen Sie sich, die Brote habe ich heute Morgen gebacken.« Dankbar nickte ich ihr zu, bevor sie wieder um die Ecke verschwand.

»Angenommen, ich würde Ihnen glauben, was wollten Sie auf unserem Grundstück?« Zwischen seinen Brauen bildeten sich zwei tiefe Furchen.

Nervös versuchte ich erfolglos die Hitze zu unterdrücken, die sich ungebremst in meinem Gesicht breit machte. »Ich weiß es nicht, Herr Moore.«

»Wenn Sie doch wissen, dass mein Sohn in Los Angeles ist, was wollten Sie bei unserer Anlegestelle?«

Ich schüttelte den Kopf. »Ich weiß es nicht.«

»Wissen Sie denn, wieso mein Sohn dort ist?«

»Ich habe keine Ahnung, bitte glauben Sie mir.«

Gebannt beobachtete ich, wie für einige Sekunden die gleiche Zerbrechlichkeit in seinen Augen aufblitzte, die ich auch schon bei Liam gesehen hatte. Er hob die Kaffeetasse an die Lippen, nahm einen Schluck und stellte sie behutsam zurück auf die Untertasse. »Er hatte es nicht immer einfach«, fing er an zu erzählen, während er die Brille von der Nase nahm, sich übers Gesicht fuhr und sie dann vor sich auf dem Tisch platzierte. »Meine Ex-Frau und ich dachten, unseren Söhnen mit dem Einstieg ins Unternehmen ein solides Leben ermöglichen zu können. Eines, in dem sie sich keine Sorgen um ihre Zukunft machen müssten. Aber was machen Sie mit einem Sohn, der das partout nicht will, und einer Frau, die das nicht akzeptiert?«, fragte er, die Arme verhalten von sich gestreckt. Seine Augen fixierten mich so intensiv, dass ich mich nicht einmal traute zu blinzeln. Es dauerte einige Sekunden, in denen wir beide auf eine Reaktion des jeweils anderen zu warten schienen.

»Ihre Ex-Frau?«, kam auf einmal flüsternd über meine Lippen.

Er starrte die abgeschnittene Scheibe Brot auf seinem Teller an, als wäre ein schwarzes Loch darin, bevor er wieder mit runzelnder Stirn zu mir hochsah. »Deswegen ist er zu seinem Bruder nach Los Angeles gereist. Als er von der bevorstehenden Trennung erfuhr, packte er seine Sachen und verschwand. Aber das wussten Sie doch sicher, wo Sie meinen Sohn doch so gut kennen.« Mit dem letzten Satz erreichte mich eine unangenehme Welle der Ironie.

Er legte seinen Kopf leicht schief, so, als würde er die Verwirrung in meinem Ausdruck studieren. Die ganze Geschichte schien mir immer verworrener zu werden, und gleichzeitig dachte ich an den Anlass im Casino zurück. Hatte ich damals wirklich Herrn Moore mit einer anderen Frau gesehen? Aber wieso hatte Liam mir nicht einfach von den Problemen seiner Eltern erzählt? Auch wenn sich mein Bauch noch immer dagegen sträubte, mich mit diesem Mann auszutauschen, flackerte doch ein kleines Licht des Mitgefühls in mir auf.

»Das mit der Trennung tut mir leid.«

Er nickte anerkennend, bevor er zum nächsten Schluck aus der Tasse ansetzte. Aus Respekt biss ich in eines der Brötchen, auch wenn mir von der ganzen Aufregung übel war.

»Hatten Sie sowas wie eine … Beziehung zu meinem Sohn?«

Beinahe hätte ich das Brötchen wieder ausgespuckt.

Ohne zu antworten, starrte ich ihn an. Diese Frage wollte ich nicht beantworten, und ich war mir sicher, dass er das an meinem Gesichtsausdruck ablesen konnte. Er suchte Antworten? Dann sollte er Liam fragen. Es war ja nicht so, dass ich keine Antworten gewollt hätte. Im Gegenteil, er könnte jetzt auch gern mal eine meiner Fragen beantworten.

»Was denken Sie denn, weshalb er mir den Wagen dagelassen hat?«

Seine Augenbrauen zogen sich leicht nach oben. »Hätte ich eine Antwort darauf, hätte ich Sie bestimmt nicht mit dieser Frage belästigt. Ich ging davon aus, dass er den Wagen am Flughaften gelassen hatte. Aber wissen Sie, Lola, die letzten Wochen

waren nicht gerade einfach – für uns alle nicht.«
Er nickte, um das Gesagte zu unterstreichen.

Ich wusste nicht, wie er das machte, aber er hatte
die Gabe, die Situation, die er selbst angeheizt hatte, innerhalb von Sekunden wieder zu entschärfen.
Vergessen war die aufmüpfige Frage nach unserem
Beziehungsstatus. Zurück blieb nur das dumpfe Gefühl, irgendetwas verpasst zu haben. Etwas, was
mir immer seltsamer vorkam.

Ich saß noch gut dreißig Minuten bei ihm und
aß gerade so viel, dass ich mich nicht übergeben
musste. Herr Moore fragte mich noch einige Dinge über meine Arbeit. Und wie es mir dort gefiel.
Obwohl ich ihm nicht zu viel sagen wollte, erzählt
ich ihm, dass ich bei der Hochzeit seines Sohnes im
Cateringteam war. Etwas verlegen gab er zu, nicht
darauf geachtet zu haben.

Als ich das Moore-Haus dann endlich hinter mir
ließ, fühlte ich mich gleichermaßen erschöpft wie
auch zweigeteilt. Ich verstand noch immer nicht,
wieso Liam so reagierte, wie er es getan hat, und
doch versuchte ich mir nicht zu viel darauf einzu-
bilden.

Der Kies knirschte unter meinen Füßen, als ich den
Weg entlanglief.

»Lolita, wo warst du?«, schrie Irina in den Hörer.

Ich freute mich so sehr, ihre Stimme zu hören,
dass mir ein erleichtertes Schluchzen entfuhr. »Ich
bin in Zürich, kannst du mich abholen?«

»Zürich! Aber, was machst du denn da?«

»Ich erkläre dir alles, aber bitte hole mich ab, bitte.«

»Bleib, wo du bist, ich bin schon unterwegs.«

Kaum saß ich bei ihr im Wagen, schlang sie ihre Arme um mich. »Ich habe mir solche Sorgen gemacht.« Unter ihren Augen hatten sich kleine Schatten gebildet. »Wieso hast du nicht früher angerufen?«

Bevor sie sich noch in Rage reden konnte, fing ich an zu erzählen.

Ich hatte bisher noch gar keine Zeit, mich mit dem Geschehenen auseinanderzusetzen. Und auch nicht, wie es so weit kommen konnte, dass ich das Bewusstsein verloren hatte. Rückblickend eine wirklich dämliche Idee, mich in die Eiseskälte zu setzen. Umso erstaunlicher erschien mir der Gedanke an Herrn Moore, der mich mit Dankbarkeit erfüllte. Er hatte mich gerettet, auch wenn er mich danach durch ein Wechselbad der Gefühle geschickt hatte.

»Wo ist Liams Wagen?«

»Dort, wo er hingehört.«

»Nein, ich meine es ernst, Lolita, wo ist er?« Ihre Stimme klang auf einmal hart, mit einem motzigen Unterton.

»Liams Vater hat ihn.«

Sie biss sich auf die Unterlippe und starrte geradeaus auf die Straße. »Okay.«

»Wieso? Wolltest du noch damit fahren, oder was?«

»Ja, das wäre toll gewesen, schade«, entgegnete sie so schnell, als hätte sie auf diese Frage gewartet.

12

Abgeklärt sah ich auf die Uhr an meinem Handgelenk. Erst eine Stunde war vergangen. Irina suchte nach dem passenden Outfit für ihre Geburtstagsparty und hatte mir bis zu Großmutters alter Strickjacke schon beinahe ihren gesamten Kleiderschrank präsentiert. Ich verstand von Mode nicht wirklich viel, gab aber trotzdem gerne meine Meinung an sie weiter. Sie hatte mich schließlich auch darum gebeten, wobei ich mir nicht sicher war, ob sie es nicht bereits wieder bereute.

»Was! Es kann doch nicht sein, dass das auch nicht passt?«

Ich glaube, langsam wurde sie misstrauisch. Auf alle Fälle sprangen die Funken schon mal, mal schauen, wie lange es dauerte, bis der Vulkan ausbrach.

Ich schüttelte wild mit dem Kopf. »Nein, das geht wirklich nicht. Darin siehst du aus wie eine Wurst.«

»Sag mal, ist das dein Ernst?«

»Wenn du aussehen willst wie ein Schweinchen, dann nur zu.«

Sie schwang ihre Fäuste durch die Luft. »Das machst du nur wegen Ron, habe ich recht?«

Ich versuchte, so abgeklärt wie möglich zu klingen. »Wenn du ihn beeindrucken willst, hast du noch nicht das richtige Outfit gefunden, vertrau mir.«

»Ich will ihn nicht beeindrucken, ich kann ihn nicht leiden«, fauchte sie, rannte ins Zimmer und schlug die Tür ins Schloss. Ich sah erneut auf die Uhr, und es dauerte keine zwei Minuten, da kam sie in einer schwarzen Lederhose zurück. »Du weißt genau, dass ich ihn nur eingeladen habe, weil er sonst immer allein zu Hause rumsitzt. Außerdem will ich auf keinen Fall, dass er auf irgendwelche schwachsinnigen Ideen kommt.«

»Na gut«, sagte ich und tat so gleichgültig, wie ich nur konnte.

Sie fuchtelte mit dem Zeigefinger in meine Richtung. »Es ist mein Geburtstag, und ich kann einladen, wen ich will.«

»Na gut«, wiederholte ich in gleichbleibendem Ton. Sie so außer sich zu sehen, fühlte sich verboten gut an. Dass sie Ron mochte, wusste ich schon lange, und sie damit aufzuziehen, war meine Art damit umzugehen.

Ich setzte mein schönstes Lächeln auf und kreiste den Finger. Und tatsächlich, sie drehte sich um die eigene Achse.

»In der Hose sieht dein Arsch etwas seltsam aus, zeig mal.«

Sie stieß einen wütenden Schrei aus.

Vierundzwanzig Stunden später stand ich auf der Schwelle zu dem Partyraum mit der knalligsten Dekoration, die ich je gesehen hatte. Überall schwebten Heliumballons, Girlanden hingen von der Decke und bunt gekleidete Leute quatschten lauter, als die lärmende Musik aus den Boxen spielte. Irina wollte die Achtziger als Motto, und sie bekam sie auch. Ihr Geburtstag war die Feier des Jahres und damit auch das absolute Hoch meiner Partybewegung. Ein ungeschriebenes Gesetz besagte, dass ich diesen Tag genauso zu lieben hatte, und das auch, wenn ich jeden Moment mit Rons Anwesenheit konfrontiert werden würde. Ich fand es völlig in Ordnung, nicht ganz so euphorisch an die Feier heranzugehen. So jedenfalls meine Auffassung.

Irina quetschte sich mit zwei Drinks mitten durch ihre eigenen Gäste hindurch und steuerte direkt auf mich zu.

»Hallo, du Spießerin.«

Das war ja klar, zuerst einmal wurde mein schwarzer Jumpsuit kritisiert. Dabei wich mein Outfit gar nicht so stark von den Achtzigern ab. Vielleicht war ich ein bisschen zu *klassisch elegant* gekleidet, und wenn ich mich so umsah, auch einen Schuss zu *farblos*. Nichtsdestotrotz, ich war da, und dass, obwohl ich ihr die Einladung von Ron noch immer nicht verziehen hatte.

»Komm, ich will dich jemandem vorstellen.« Sie packte meinen Arm und zerrte mich quer durch den Raum. Auf der anderen Seite befand sich eine

Snackbar mit kleinen Brötchen, farbigen Muffins und ungefähr zwei Duzend Sektgläsern. Ich wollte mir gerade eines der Gläser nehmen, als mir ein schlaksiger, großgewachsener Typ eines entgegenstreckte.

»Danke«, murmelte ich, während Irina mich wie einen Weihnachtsbaum anstrahlte.

»Lolita, das ist Ben. Er ist der Freund eines Freundes.«

Zögerlich streckte ich ihm die Hand entgegen. »Hallo Ben.« Mein Blick schwenkte wieder zu Irina. »Wessen Freund?«

»Meiner. Er ist mein Freund«, ertönte eine tiefe Stimme in meinem Rücken. Eigentlich hatte ich ihn schon längst erkannt, und trotzdem wünschte ich, ich würde mich irren.

In der Drehung presste ich meine erstarrten Gesichtsmuskeln zu einem aufgesetzten Lächeln. »Ron.«

»Lola, es ist schön, dich zu sehen.«

»Ja«, kam abgekühlt über meine Lippen, während mein Blick wieder zu Irina wanderte. »Entschuldigt uns bitte einen Augenblick.« Jetzt packte ich sie und zog sie in Richtung der Toiletten. »Sag mal, bist du von allen guten Geistern verlassen? Ich weiß, es ist dein Geburtstag, aber ... was soll das?«

»Jetzt beruhig dich mal.« Ihr störrischer Ton machte mich gleich noch wütender. Wäre es nicht ihr Geburtstag gewesen, hätte ich die Party sofort verlassen.

Sie stützte die Hände in die Hüften. »Du wusstest doch, dass Ron kommt! Er hat mich gefragt, ob er Ben mitbringen darf. Und natürlich darf er das. Ben hat uns nichts getan, Lolita, sei nicht so ein Geburtstags-Grinch.«

»Na gut, vielleicht habe ich mich ein bisschen vergessen.«

Sie stieß einen humorlosen Lacher aus. »Ein bisschen?«

Eigentlich wollte ich meine Abneigung Ron gegenüber für den heutigen Abend in meiner inneren Vergangenheitskammer wegschließen. Doch irgendwie hatte sich diese tiefe Wut, die noch immer an mir nagte, selbstständig gemacht.

»Entschuldige«, kam knarzend über meine Lippen, »ich werde mich zusammenreißen.«

Ihre zusammengekniffenen Augen entspannten sich allmählich zu einem fröhlichen Lächeln. »Na also, so liebe ich dich doch.« Sie legte mir den Arm über die Schulter und drückte ihre roten Lippen gegen meine Wange. »Und Ben ist doch echt süß, nicht?«

Ich zog meine Augenbrauen zusammen und wischte über meine Wange. »Das reicht jetzt wirklich, Irina.«

»Na gut«, sagte sie gedämpft.

Während Irina durch die Menge der Gäste davonwuselte, stellte ich mich am Glas nippend in die nächste Ecke. Von hier aus konnte ich den gesamten Raum überblicken. Was hieß, dass ich Ron beobachten konnte, und das fühlte sich wenigstens noch nach ein bisschen Kontrolle an.

Er stand nach wie vor an der Snackbar und knabberte an irgendwas herum. Am Anfang war ich mir nicht ganz sicher, aber je länger ich ihn beobachtete, desto genauer sah ich, wie er mit versteckten Blicken meine wild tanzende Freundin beobachtete.

»Heißt du Lola oder Lolita?«

Ben stand auf einmal neben mir und streckte mir bereits das zweite Sektglas entgegen.

»Lola, bitte.«

»Lola, schön, dich kennenzulernen. Du kundschaftest die Lage aus, ja?«

Seine Körpergröße war wirklich beeindruckend, seine Hände sahen aus wie zwei Bärenpranken, und mit den dunklen, kurzgeschorenen Haaren wirkte er ganz schön einschüchternd.

»Irgendwie schon.«

Er grinste mich an. »Darf ich mitmachen?«

Ich fragte mich, ob ich einfach nein sagen konnte. Doch da hallte auch schon Irinas Stimme in meinem Kopf: *Sei kein Geburtstags-Grinch.*

»Ja, klar.«

Nach gut fünf Minuten Nebeneinanderstehens, unterbrach er die unangenehme Stille. »Du siehst toll aus.«

»Danke«, kam etwas zögerlich. Ich hätte mich einfach über sein Kompliment freuen sollen, doch das tat ich nicht. Im Gegenteil, ich wünschte, Liam würde neben mir stehen, und ich wünschte, die

Worte wären aus seinem Mund gekommen. Ohne es zu wissen, riss dieser Fremde ein Stück meiner Narbe auf, und der Schmerz hinterließ einen Kloß in meinem Hals, den ich unmöglich schlucken konnte. Verdammt, ich wollte heute Abend nicht an ihn denken. Wieso funktionierte es nicht?

»Ich habe gerade jemanden gesehen, dem ich unbedingt hallo sagen möchte«, flunkerte ich, und bevor er noch etwas sagen konnte, quetschte ich mich durch die Leute davon.

Ich war so mit meiner Flucht beschäftigt, dass ich Ron ganz vergessen hatte. Plötzlich stand er vor mir, und ich drehte mich auf der Stelle um die eigene Achse, in Richtung Toilette. Vorbei an den blinkenden Lichterketten verschwand ich in der Toilettenkabine, schloss die Türe ab und hockte mich auf den Deckel.

Mein Atem raste, als wäre ich gerade einen Marathon gelaufen. Ich strich über meine Haare und vergrub mein Gesicht in den Händen. Meine Wangen fühlten sich heiß an, und ich spürte, wie sich die Feuchtigkeit darauf sammelte. Schnell zupfte ich etwas Toilettenpapier ab und strich mir damit die Tränen unter den Augen weg. Das Schwarz meiner Wimperntusche verfärbte das weiße Papier. Ich zupfte noch mal ein Stück ab und rubbelte solange, bis das Papier klar blieb.

Drei Songs und einige tiefe Atemzüge später, schlenderte ich zurück zur Party. Es lief gerade ein achtziger Kuschelrock-Song, und einige der

Pärchen tanzten eng umschlungen. In der Mitte blitzten Irinas schwarze Lederjacke und ihr rotes Haarband auf. Es sah aus, als hätte sie ihre Haare mit einer großen Schleife als Geschenk verpackt. Sie tanzte eng umschlungen mit einem Mann, der ein graues Sakko trug und zerzauste Haare hatte. Sie wirkten, als wäre die Welt in Ordnung. So als hätte dieser Mann mich nie tyrannisiert und überfallen.

»Willst du tanzen?«

»Ben«, rief ich erschrocken. Lächelnd streckte er mir seine Hand entgegen und wippte leicht mit den Fingern. Allein diese Geste drückte die Feuchtigkeit zurück in meine Augen. Noch bevor er bemerkte, was los war, packte ich seine Hand und legte meinen Kopf etwas schief an seine Brust. Sachte bewegten wir uns zur Musik, während mich seine Hand an meinem Rücken behutsam führte. Sein Oberarm fühlte sich hager an, und der Geruch seines Parfums war mit salzigem Meerwasser zu vergleichen.

Tief atmend versuchte ich die Tränen zu unterdrücken.

»Ist alles in Ordnung?«

»Ja.« Ich nickte, ohne hochzusehen. Mit geschlossenen Augen konzentrierte ich mich auf unsere rhythmischen Bewegungen, bis die ersten langsamen Klänge des nächsten Songs ertönten.

»Darf ich?«

Meine Augen öffneten sich schlagartig und starrten an dem grauen Sakko hoch, bis in sein Gesicht.

»Bitte. Nur ein Tanz?«

Irina stand direkt daneben und streckte Ben ihre Hand entgegen. »Komm schon.«

Nein!

»Nur dieser eine Tanz«, wiederholte Ron.

Ben drückte leicht gegen meine Oberarme, um sich zu lösen. Ich hatte gar nicht bemerkt, wie fest ich ihn umklammerte. Doch beim Anblick von Rons ausgestreckter Hand wollte ich ihn auf keinen Fall loslassen. Ganz im Gegensatz zu Ben, der energischer anfing, sich gegen meinen Griff zu wehren. Kaum hatte er es geschafft, zerrte ihn Irina mit sich, und ich blieb mit Ron zurück.

Stocksteif stand ich vor ihm, als er seine Arme zaghaft an meine Hüften legte. Das Erste, was sich in mein Gehirn einbrannte, war sein sauberer Geruch. Er roch geduscht, nach einem frischen Aftershave. Auf einmal hatte ich sogar das Gefühl, diesen Geruch zu kennen.

»Danke«, flüsterte er mir zu.

Ich drehte meinen Kopf so, dass ich ihn nicht anschauen musste. Mein Herz hämmerte wie verrückt, und meine Hände fühlten sich klebrig feucht an.

»Ich weiß, dass du wütend bist, und ich verstehe dich. Es tut mir so leid. Ich wusste nicht, was ich tue.«

Ich nahm den Klang seiner Stimme wahr, fragte mich aber nur, wie es sein konnte, dass ich mich vor Jahren in ihn verliebt hatte. Auf einmal kam mir alles so unwirklich vor. So, als wäre unsere gemeinsame Vergangenheit bloß meiner Fantasie entsprungen. Nicht mal die Berührung seiner Oberarme fühlte sich vertraut an. Hätte ich in meinem Magen nicht dieses ziehende Zeichen des Widerstandes verspürt, hätte er auch irgendein Fremder sein können.

»Lola, hörst du mir zu? Ich verstehe, dass du wütend bist, aber ich finde, wir sollten einen Weg finden, miteinander klarzukommen.«

Völlig unkontrolliert überkam mich ein Lacher, der mich schüttelte. Ich versuchte ihn noch zu unterdrücken, doch es gelang mir nicht.

»Was ist denn so lustig?«

Ich wich ein Stück zurück. »Du denkst also, ich bin wütend, auf dich?«

»Ja, ich … ja.«

»Dann sag mir doch mal, wie kann man auf jemanden wütend sein, der einem rein gar nichts bedeutet?« Kaum hatte ich die bitteren Worte ausgesprochen, sah ich ihre Wirkung in seinen Augen. Sein entspannter Ausdruck entwich, und der Glanz seiner Augen verschwand in zwei dunklen Höhlen.

Ich hatte ihn getroffen, und zwar genau da, wo es ihn am meisten schmerzte. Mein Pfeil hatte sich mitten in sein Herz gebohrt und steckte tief drin.

Er zog die Lippen in den Mund und biss darauf herum, während sein Blick auf den Boden zielte. Es dauerte einige Sekunden, bis er wieder zu mir hochsah. »Danke für den Tanz, ich werde dann mal …«, er zeigte mit dem Finger irgendwo ins Leere. »Bis später.« Seine Stimme klang zerbrechlich, und auch seine Augen wirkten gläsern, als er zwei Schritte rückwärts torkelte und sich dann abwendete.

Ich dachte, ich würde mich jetzt besser fühlen. Doch stattdessen fühlte ich mich so grauenvoll, als hätte ich etwas Schlimmes getan. Ich wusste, dass ich die Worte nicht mehr zurücknehmen konnte. Genauso, wie er nicht ändern konnte, was er mir angetan hatte.

Ich verbrachte die meiste Zeit damit, mich hinter der Snackbar zu verschanzen und einen pinken Muffin zu zerbröseln. Ab und an wagte ich einen Blick in den Raum, suchte Irina und kontrollierte ihren Gemütszustand, der immer ausgelassener wurde. Einmal machte Ben einen Vorstoß, indem er mir ein Glas Wasser rüberreichte, das ich dankend ablehnte, und ganze zwei Mal ging ich auf die Toilette, obwohl ich gar nicht musste. So schleppte sich der Abend dahin, während ich die Zeit absaß.

Um zwei Uhr morgens hatten sich beinahe alle Gäste verabschiedet, nur Irinas Energie schien endlos zu sein. Sie hing abwechselnd an jedem Hals, den sie kriegen konnte, und torkelte von den vielen Gläsern Sekt von Wand zu Wand.

Ich wollte sie gerade dazu zwingen, für heute abzubrechen, als Ron plötzlich vor ihr stand. Er flüsterte ihr etwas zu, dann nahm er behutsam ihre

Hand von der Wand und führte sie zum Stuhl in der nächsten Ecke. Sie schnitt Grimassen, während er sich zu ihr bückte und sie am Arm festhielt.

Mit pochendem Puls näherte ich mich den beiden. Ich sah, dass er sich um sie kümmerte, aber er war noch immer Ron. Sie alleine zu lassen, kam nicht infrage, und so mobilisierte ich noch mal all meinen Mut.

»Ist alles in Ordnung?«

Irinas Augen reagierten wie in Zeitlupe. »Lolita!« Sie zeigte auf mich. »Ron, das ist meine beste Freundin, ist sie nicht unglaublich hübsch?«

Ohne mich anzusehen, nahm er ihre Arme und stützte sie, sodass sie wieder aufstehen konnte. »Komm, ich bringe dich nach Hause.«

»Oh, aber ich will doch noch nicht nach Hause.«

»Es ist wirklich besser, wenn du jetzt ins Bett kommst«, erwiderte ich.

»Na gut«, lallte sie resigniert.

Rons Blick wirkte kühl, als er zu mir rüber sah. »Ich fahre sie, aber du kannst gerne mitkommen.«

Es war sicherlich das Beste, auch wenn ich es nicht wollte. Aber allein der Weg bis zum Busbahnhof schien mir in diesem Zustand unüberwindbar zu sein. »Ja, ich komme mit.«

Sachte führte er sie durch den Raum in Richtung des Ausgangs, gleichzeitig verabschiedete ich mich von Ben und den letzten Gästen und stürmte ihnen hinterher.

Kaum hatten wir unsere Haustür hinter uns geschlossen, murmelte Irina irgendwas von Übelkeit, woraufhin Ron sie ins Badezimmer trug. Es dauerte einige Minuten bis sie, halb in seinen Armen liegend, wieder ins Wohnzimmer torkelte.

»Kannst du ihr ein Glas Wasser bringen?«

»Ja«, ich sprang auf, stürmte in die Küche und holte ein Glas aus dem Schrank über der Spüle. Das Wasser floss so unglaublich langsam ins Glas, ich konnte kaum hinsehen.

Jetzt mach schon, na los!

Ich wollte gerade um die Ecke ins Wohnzimmer zurück, als ich im Türrahmen zum Stehen kam. Sie hatte sich auf dem Sofa zusammengekauert, während er danebenhockte und liebevoll die rote Wolldecke über ihren Körper zog.

»Du solltest wirklich nicht so viel trinken«, flüsterte er ihr zu.

Wirklich seltsam, diese Worte ausgerechnet aus seinem Mund zu hören. So, als wäre er nicht er. Als hätte ihn jemand gegen den Ron getauscht, den ich vor langer Zeit einmal gekannt hatte.

Als sie nach wenigen Sekunden ihre Augen geschlossen hatte, stand er vorsichtig auf und kam auf mich zu. »Keine Sorge, ich werde gleich gehen«, sagte er noch immer im Flüsterton.

Ich stand mit dem Glas Wasser im Türrahmen, und obwohl ich hier wohnte, fühlte ich mich fehl am Platz.

Bevor er sich wegdrehte, räusperte ich mich. »Ron ... sie vertraut dir. Bitte mach es nicht kaputt.« Obwohl es mir fast im Hals stecken blieb, fühlte es sich richtig an, ihm das zu sagen.

Er lächelte verlegen und nickte leicht. »Mach's gut.«

Nachdem er gegangen war, hockte ich mich neben sie und strich ihr eine Strähne aus dem Gesicht.

»Lolita«, wimmerte sie leise, »kannst du mir meinen Pyjama bringen?«

»Schlaf doch in den Kleidern, ist doch egal.«

»Ich will nicht, die scheuern so.«

Wortlos stand ich auf und steuerte auf ihr Zimmer zu. Im Gegensatz zu meiner Räuberhöhle glänzte der Raum vor Sauberkeit. Alles hatte seinen Platz, sodass sich das Chaos in meinem Zimmer gleich noch viel schlimmer anfühlte.

Ich traute mich kaum, etwas anzufassen, und so dauerte die Suche in dem großen, massiven Kleiderschrank. Nach erfolgloser Durchforstung beschloss ich, mich durch die Schublade daneben zu wühlen. Sachte hob ich die exakt gefalteten Strings hoch und zog darunter eine weiche Stoffhose mit lachenden Emoji-Motiven hervor. Ich wollte die auseinandergefallenen Wäscheteile gerade wieder schön präparieren, als mir ein abgerissenes Stück Papier in die Hände fiel. Es lag zusammengefaltet auf dem Grund der Schublade.

Ich klappte es auseinander und starrte auf die Schrift, die ich sofort wiedererkannte.

PS: Ich weiß, das mit uns ist noch ganz frisch, und ich verspreche dir, dir alles zu erklären, wenn wir uns wiedersehen. Dafür die Bordkarte. Kannst meinen Wagen am Flughafen lassen, er wird von meinem Cousin abgeholt.

*Ach ja, ich werde mein Handy hierlassen, also hier die Nummer meines Bruders in Beverly Hills +1310***********.*

Melde dich doch, bitte.

Dein Liam

13

Ungläubig starrte ich auf das Stück Papier in meinen Händen. Ich drehte es, fuhr mit dem Finger über die geschwungene Schrift und führte die beiden Teile an der abgetrennten Kante zusammen. Eine Träne klatschte auf seinen Namen, während ich in mein Zimmer schlurfte. Als ich mit dem Finger drüberfuhr, verwischte sich die Tinte. Mit dem Brief an meine Brust gepresst, sank ich vor meinem Bett zu Boden.

Ich konnte nicht mehr, meine Kraft war zu Ende. Der Kampf gegen meine Vergangenheit mit Ron, der Kampf gegen Liams Eltern, und jetzt das. Meine beste Freundin, sie hatte es die ganze Zeit gewusst. Sie wusste, dass er mich nie verlassen wollte. Ich hatte ihn beschuldigt, für das, was sie getan hatte. Wie konnte sie mir das nur antun?

Ich hielt die Hand vor meinen Mund, doch es brachte nichts, das Schluchzen presste sich durch jeden meiner Finger. Meine Zähne klapperten, und ich hatte das Gefühl zu ersticken – an all den Lügen und all den Heucheleien. Egal, was passierte, sie war immer da gewesen. Ich konnte mich immer auf sie verlassen, und jetzt sollte das alles eine Lüge sein? Wen hatte ich denn noch, wenn nicht Irina?

Niemanden ...

Unmerklich kippte ich auf die Seite und knallte auf das Parkett. Ein Schmerz zog sich wie ein Blitz von der rechten Schulter in meine Stirn. Ich legte den eingezogenen Kopf auf den kalten Fußboden und zog die Beine bis zur Brust hoch. Tränen rollten lautlos über mein Gesicht, bis meine Lider irgendwann vor Erschöpfung zufielen.

Ich wollte ihr auf keinen Fall begegnen, und so lauschte ich an der Tür, schlich zur Toilette und tappte auf Zehenspitzen durchs Wohnzimmer in Richtung Ausgang. Erleichtert eilte ich durch den Hausflur zu meinem Fahrrad, packte es und bretterte den Weg entlang in die Stadt.

Jede Möglichkeit, mich nicht mit ihr auseinandersetzen zu müssen, war eine gute Möglichkeit. Ich wollte es einfach nicht. Mehr noch, ich konnte es nicht.

Das Klackern der Speichen meines Fahrrades wirkte wie ein hypnotisierendes Pendel.

Schon von weitem sah ich, wie Karen in der Tiefgarage den Transporter ausräumte. Sie knallte die Kartonschachteln auf die kleine Transporthilfe und fuhr sich mit dem Ärmel über die Stirn.

Wir waren für einen zweiten Anlass im Casino gebucht worden, was grundsätzlich eine gute Sache war. Immerhin hatte Karen mir sogar geschrieben, die Veranstalter wären sehr zufrieden gewesen mit unserem letzten Service. Ich hatte mich gefreut, wenn auch mehr für sie als für mich, denn nach dem hektischen letzten Auftritt war ich nicht so scharf auf ein zweites Mal.

Das dachte ich zumindest noch bis gestern Nacht, bis ich diesen zweiten Teil des Briefes gefunden hatte. Noch bevor sich meine beste Freundin als Lügnerin des Jahres entpuppt hatte.

Heute war ich froh über den Auftrag. Genauer gesagt, ich war einfach froh, nicht zu Hause zu sein.

»Du kommst genau richtig. Hilfst du mir mal?«

»Hallo Karen.«

»Was ist denn mit dir passiert?« Sie zog die Augenbrauen hoch, kam etwas näher und kniff die Augen zusammen.

»Was ist denn?«, fragte ich erschrocken.

»Du solltest dich mal im Seitenspiegel des Wagens ansehen.« Mit Getränken bepackt, nickte sie in Richtung Transporter.

Ich stellte mein Fahrrad an die Wand und drehte mein Gesicht vor dem kleinen Spiegel. Unter meinen Augen klafften große, schwarze Pfützen von der gestrigen Wimperntusche. Ich zog ein Taschentuch aus meiner Hose, befeuchtete es und rubbelte solange, bis nur noch rote, gereizte Haut zurückblieb.

»Hast du gestern zu lange gefeiert?« Belustigt schaute sie hinter dem Kofferraum hervor.

»Ja«, stammelte ich mit trockenem Mund. Das elende Gefühl der Hilflosigkeit versuchte sich erneut den Weg durch meine Luftröhre zu bohren,

doch ich vermochte es in letzter Sekunde runterzu-
schlucken. Mit aller Kraft biss ich die Zähne zusammen, um einen Schluchzer zu verhindern.

»Ab in die Küche damit.« Sie schob die Transporthilfe etwas zur Seite und knallte den Koffer-
raumdeckel zu. »Ich muss noch mal fahren, aber
bring doch bitte diese Kisten schon mal in die Küche.«

»Mache ich.«

Während ich auf den Aufzug wartete, vibrierte
mein Handy in der Hosentasche. Ich zog es raus,
sah Irinas Nummer und presste meinen Daumen
auf den roten Hörer. Sie hatte mich schon fünf Mal
versucht anzurufen, und dabei zwei Voicemails hin-
terlassen. Bevor ich es zurück in die Hose stecken
konnte, vibrierte es erneut. Ohne lange darüber
nachzudenken schaltete ich es ganz aus.

Ich fühlte mich wie ein Roboter, als wäre mein
Name der Schlüssel zu einer Programmierung.
Mein Kopf nickte immer schon lange bevor Karen
den Satz fertiggesprochen hatte. Ich funktionierte –
und wie ich das tat. Doch mein Gehirn steckte in
einer Irina-Liam-Endlosschleife.

Jetzt, wo ich die Wahrheit kannte, sollte ich mich
bei ihm melden? Nach einem halben Jahr, in dem
ich nicht wusste, was er erlebt hatte und wie es
ihm ging. Vermutlich interessierte er sich nicht
mehr für mich, schließlich wurde er von mir im
Stich gelassen, auch wenn ich das selbst nicht wusste. Trotzdem, er sollte unbedingt wissen, dass wir

gelinkt wurden. Wieso ich mich nie bei ihm gemeldet habe, wollte ich ihm auf jeden Fall erklären.

Die Wanduhr in der Küche zeigte fünf Uhr an. Nach der ersten Schicht hatte ich mich freiwillig für die Zweite aufgedrängt. Obwohl Karen gar nicht glücklich schien, war sie doch froh über meine Hilfe. Immerhin bis jetzt.

»Geh nach Hause, du siehst müde aus.«

»Es geht schon. Noch eine Stunde?«

»Keine Stunde mehr, Kleines, du brauchst Schlaf.«

War das denn so offensichtlich? Dabei gab ich mir solche Mühe, frisch zu wirken.

»Karen, ich ...«

Sie riss ihre Augen auf und unterbrach mich. »Geh nach Hause schlafen, seit wann bist du denn ein Workaholic?«

Seit ich entdeckt hatte, dass meine beste Freundin die Beziehung zu meinem Freund sabotiert hat.

»Na gut«, murrte ich widerwillig.

Beim Umweg über den Limmatweg setzte ich mich auf eine der Holzbänke und starrte aufs Wasser.

Meine Gedanken drehten sich. Ich sah, wie Irina mir ins Gesicht lachte, ohne mit der Wimper zu zucken. Wie sie mir stundenlang zuhörte, und dann ihr Mitgefühl, das mir im Nachhinein so unglaublich verlogen vorkam. Ich wusste nicht, ob ich ihr je verzeihen konnte. Oder ob es wieder so werden konnte, wie es all die Jahre war.

Das schmerzende Hämmern wandelte sich allmählich in Wut um. Jetzt wollte ich nach Hause. Ich wollte sie anschreien und ihr fiese Dinge an den Kopf werfen. Sie sollte es spüren, mit allem, was sich gerade in mir aufstaute.

Sie saß mit hängendem Kopf am Esstisch, die Hände ineinander verkeilt, das Handy vor ihr liegend. »Ich habe dich versucht zu erreichen.« Sie klang erschöpft und ihre von dunklen Ringen gezeichneten Augen glänzten wässrig. »Ich weiß, dass du den Brief gefunden hast.«

Ihr Anblick brachte mein Herz zum Rasen. Ich setzte mich ans andere Ende des Tisches und legte meine Hände, zu Fäusten geballt, auf meinen Schoß.

»Wann wolltest du ihn mir geben?«

Mit gesenktem Blick schniefte sie einmal laut, dann legte sie ihre Hand an den Kopf, als würde sie ihn vor mir abschirmen wollen.

Ich musste tief atmen, ansonsten wäre ich zerplatzt. »Du wolltest ihn mir niemals geben, stimmt's?«

Sie nickte, dann sah ich die aufklatschende Träne auf der Tischplatte.

»Wieso hast du das getan?« Ich konnte meine Wut nicht mehr verbergen, denn in meiner Brust lag eine Tonne bitterer Worte, die nur darauf warteten, rausgelassen zu werden. Doch ich wollte zuerst wissen, was in ihr vorgegangen war. Ich wollte die

Wahrheit, und dafür musste ich mich zusammen-reißen.

»Diese Familie, die ...« Sie unterbrach den Satz, um sich die Tränen von den Wangen zu wischen, dann schaute sie mir das erste Mal direkt in die Augen. »Er hat dich verletzt, immer und immer wieder. Ich wollte dich doch nur ...«

»Was wolltest du, was?«, unterbrach ich sie harsch.

»Dich beschützen«, schluchzte sie. »Ich wusste, dass es falsch war, doch als ich ihn angerufen hatte.«

»Du hast was?«

Ihrem Ausdruck nach zu urteilen, hatte sie meinen drohenden Unterton gehört. Auf einmal saßen wir wie Katz und Maus am Tisch, auf die nächste Bewegung des Gegenübers wartend.

»Ihn angerufen«, wiederholte sie langsam. Jetzt traute sich keiner von uns mehr, den anderen aus den Augen zu lassen.

»Was hast du ihm gesagt?«, flüsterte ich.

»Ich wollte dich nie verletzen«, fing sie an, bevor sie meine stechenden Augen wieder zurück zum Thema brachten. »Ich habe ihm gesagt, dass du seine Launen satthast, und, dass du nichts mehr von ihm wissen willst.«

Irina zuckte zusammen, als meine Fäuste in einem Knall auf der Tischplatte landeten. »Wie konntest du das tun?« Meine Stimme versagte noch im Satz.

»Ich wollte doch nicht …, ich dachte …«

»Wie konntest du nur?«, wiederholte mein Mund, während ich mechanisch den Kopf schüttelte.

»Es tut mir so, so leid«, quietschte sie so hell, wie das Bremsen eines Zuges.

Während ich anfing, das Puzzle zusammenzusetzen, konnte ich den Tränen, die über ihre Wangen liefen, zuschauen.

»Du hast mich nach seinem Wagen gefragt.« Meine Stimme klang nur ruhig, weil ich gerade dabei war, dass Rätsel zu lösen. »Das hat dir in die Karten gespielt, nicht? Hat es doch, habe ich recht?«

»Was meinst du?«

»Ich habe ihm den Wagen zurückgestellt. Das war ganz schön praktisch für dich, nicht?«

»Ich wollte dich doch nie verletzen, bitte glaub mir doch.«

»Ich soll dir glauben? Du belügst mich monatelang, und ich soll dir glauben?«

»Bitte«, wisperte sie.

Unbemerkt drückte sich meine anfängliche Wut in Form von Tränen durch meine Augenlider. Ich war so unglaublich wütend, dass mich der Wechsel vom Zorn zur Trauer in einem fließenden Übergang überrollte.

Sie saß vor mir, voller Reue und mit einem mir unbekannten Ausdruck, der mich an Verzweiflung erinnerte. In all den Jahren, in denen sie meine engste Vertraute war, hatte ich sie noch nie so gesehen.

»Zurzeit kann ich dir gar nichts mehr glauben«, stotterte ich ihr entgegen. »Irina?«

Ihre Augen glänzten mich an, als würde sie ein Wunder aus meinem Mund erwarten.

»Es hat mich noch nie jemand so sehr verletzt. Noch nie, hörst du?!«

Ihr Kopf nickte leicht, während sie mir ihre Hände über den Tisch hinweg zusteckte. »Lolita, ich liebe dich doch, du bist meine beste Freundin.«

»Das war ich«, ergänzte ich kühl. »Ich weiß nicht, ob ich das noch bin.«

Fassungslos drückte ich meine Hände gegen den Tisch und stand auf. Meine Beine fühlten sich steif an, als ich in mein Zimmer stakste. Mit letzter Kraft schloss ich die Tür hinter mir und klappte auf dem Bett zusammen.

14

Ben hatte sich bei mir gemeldet und gefragt, ob wir uns auf einen Kaffee treffen wollten. Als er mir erzählte, dass Ron ihm meine Nummer gegeben hatte, wäre mir beinahe etwas Unsachliches rausgerutscht.

Was fällt ihm auch ein, meine Nummer an einen Wildfremden weiterzugeben? Zum Glück erstickte ich alles Böse auf meiner Zunge, denn nach kurzem Überlegen hatte ich darin die großartige Möglichkeit gesehen, Irina aus dem Weg zu gehen.

So kam es, dass ich an diesem Samstagmorgen um viertel vor zehn vor einer Tasse Cappuccino hockte und die Tageszeitung durchblätterte. Ich war extra etwas früher dran, so konnte ich mich noch eine Weile nach einer neuen Wohnung umsehen, denn weiterhin mit Irina zusammenzuwohnen, empfand ich als keine gute Idee. Ich brauchte etwas Eigenes, etwas, wo ich zur Ruhe kam, und jetzt, wo ich wieder ein geregeltes Einkommen hatte, sollte dem auch nichts mehr im Weg stehen. Außerdem brauchte ich Raum, um nachzudenken, denn ich wusste noch immer nicht, ob ich mich bei Liam melden, geschweige denn, was ich ihm sagen sollte.

Hallo Liam, wie geht's denn so?

Nein. Ausgeschlossen. Ein halbes Jahr lag nun schon hinter uns, und ich fühlte mich noch nicht bereit. Genau genommen hatte ich einfach nur Schiss. Schiss zu hören, dass es ihm gut ging, dass er sich ein neues Leben aufgebaut hatte. Ein Leben, in dem ich keinen Platz mehr hatte. Was, wenn er in einer neuen Beziehung steckte?

Eine weitere Enttäuschung konnte ich nicht verkraften und solange ich wusste, dass er noch immer im Stande war, die alte Wunde wieder aufzureißen, wollte ich nicht riskieren ein weiteres Mal zu bluten.

»Lola?«

»Was?«, ich schreckte von den Immobilienanzeigen hoch.

»Darf ich?«

Ich sah an dem Zwei-Meter-Mann hoch, denn der Schatten seines Körpers legte sich wie ein Tuch über mich. Seine kantigen Züge zeigten ein zartes Lächeln.

»Ja, setz dich doch.«

»Wartest du schon lange?« Sein Blick schweifte auf die zusammengeknüllte Zeitung in meiner Hand.

»Nein, ich recherchiere nur gerade.«

Er rieb sich übers Kinn, während er sich zu mir setzte. Ich faltete die Seiten irgendwie zusammen und stopfte sie in meine Tasche.

»Was recherchierst du denn?« Seine Arme auf

dem Tisch verschränkt, sah er mich erwartungsvoll an.

»Ich suche eine Wohnung.«

»Ziehst du aus?«

Ganz offensichtlich.

Ich legte meine Hände ebenfalls gekreuzt auf den Tisch. »Du bist ganz schön neugierig.«

Vermutlich hatte er meine Anspielung entziffert, denn er zog seine Arme zurück. »Entschuldige, ich wollte dich nicht ausfragen.«

»Schon gut«, gab ich schmunzelnd zurück. »Ja, ich bin auf der Suche nach einer neuen Bleibe.«

»Wo willst du denn hin?«

»Ich möchte auf jeden Fall in der Stadt bleiben. Eine Wohnung in der Nähe des Flusses, so wie früher, das wäre großartig.« Ich unterbrach mein verträumtes Schwärmen mit einem Räuspern.

Er stützte den Arm auf dem Tisch ab und legte die Hand nachdenklich über seinen Mund, sein Blick verweilte irgendwo in der Luft. »Einen Moment«, sagte er schnell, hüpfte auf und verschwand durch die Glastür. Das ging so schnell, dass ich keine Chance hatte, ihn zu fragen, was das sollte.

Verdutzt beobachtete ich durch die Glasscheibe, wie er nervös sein Handy aus der Hosentasche fischte und eine Nummer eintippte. Wild gestikulierend, aber stets lächelnd, unterhielt er sich ganze fünf Minuten, bis ich das Aufklingen der Türglocke erneut vernahm. Er setzte sich mit einem breiten Grinsen vor mich und starrte mich an.

»Was?«, fragte ich mit hochgezogenen Augenbrauen.

»Was, wenn ich eine Wohnung hätte? In der Altstadt, mit zwei Zimmern.«

»Was? Wie hast du denn das gemacht?!«, rief
ich so laut, dass ich mir selbst den Mund zuhalten
musste. Obwohl ich die Wohnung noch nicht mal
kannte, hätte ich beim Gedanken daran schreien
können.

»Ein Freund von mir zieht mit seiner Verlobten
zusammen, er sucht noch einen Nachmieter. Die
Wohnung ist aber ziemlich alt, das solltest du wissen. Sie ist in der Nähe des Flusses, mitten in der
Stadt. Er hat mir versprochen, bei seinem Vermieter ein gutes Wort einzulegen, wenn du dich heute
noch bewirbst.«

»Wow, ich weiß nicht, was ich sagen soll.«

»Wie wäre es mit danke?«

»Danke«, hauchte ich ihm entgegen. Mir wurde
auf einmal ziemlich heiß, ich fühlte, wie sich das
Blut in meinem Gesicht staute.

Er stand auf und schob den Stuhl knarzend unter
den Tisch. »Komm.«

»Wo willst du denn hin?«

»Du kannst dich nur heute noch bewerben, wenn
du die Wohnung gesehen hast, oder? Von hier aus
sind es nur fünfzehn Minuten Fußmarsch.«

»Du meinst, wir sollten jetzt gleich los?«, ich
zeigte mit der Hand auf die Straße vor dem Schaufenster.

Sein Kopf zuckte in dieselbe Richtung. »Wir sollten keine Zeit verlieren.«

Ein kräftiger Mann mit einem dichten Bartwuchs erschien im Türrahmen. Als er Ben sah, packte er grinsend seine Hand, zog ihn zu sich und klopfte ihm freundschaftlich auf die Schulter. Er stellte sich mir als Aron vor, dann winkte er uns über die *Bayern-München*-Fußmatte in einen schmalen Gang. Seine Schultern waren bis zum Haaransatz von einer dichten Tätowierung überdeckt, die irgendwo in seinem ärmellosen Unterhemd verschwand. Ich musterte gerade die undefinierbaren Linien, als er sich uns mit offenen Armen zuwandte. »Das ist das Wohnzimmer, klein, aber gemütlich.«

Ich ließ meine Blicke zuerst über die spartanische Einrichtung schweifen und sah dann an den Holzbalken an der Decke entlang. Wie ein Magnet zog es mich zu dem Fenster mit dem abgeblätterten Kreuz, ich öffnete es und sah gebannt auf das fließende Wasser hinunter. Meine Finger vor der Brust verschränkt, drehte ich mich um. »Ich will die Wohnung.«

Aron kramte unter einem Stapel Papier nach dem Anmeldeformular, während er mir versicherte, mich bei seinem Vermieter zu empfehlen.

Am liebsten wäre ich ihm um den Hals gefallen, doch er sah nicht so aus, als ob er das mögen würde, also sagte ich einfach so oft danke, bis Ben mich am Arm zupfend aus der Wohnung zog.

Mit einem Grinsen auf dem Gesicht schlenderte ich neben Ben an der Promenade entlang. »Vielen Dank, du hast meinen Tag gerettet.«

»Freu dich nicht zu früh, jetzt schuldest du mir was.«

»Alles, was du willst«, versprach ich begeistert.

Er blieb auf der Stelle stehen und legte den Kopf leicht in den Nacken. »Da gäbe es schon was.«

Ich öffnete die Arme, als würde ich ihn umarmen wollen. »Immer her damit.«

Er räusperte sich, dann streifte er mit zwei Fingern einmal über die Oberlippe. Auf einmal wirkte er unsicher, und ich wusste nicht, aus welchem Grund.

»Wenn du die Wohnung bekommst, könntest du Ron fragen, ob er dir beim Umzug hilft.«

Mit einem Wisch hatte er die Freude aus meinem Gesicht geschlagen. »Okay, alles, außer das.«

»Komm schon. Bitte?« Das letzte Wort klang wie das verzweifelte Bitten eines Kindes.

Meine Zähne knirschten aufeinander. »Also schön«, sagte ich und konnte gerade selber nicht glauben, dass das aus meinem Mund kam. »Wieso willst du das überhaupt?«

Sein Blick verharrte auf dem Boden vor meinen Füßen, er steckte die Hände in die Hosentasche und kickte leicht gegen ein braunes Blatt. »Ich war eine Zeitlang ziemlich neben der Spur. Ron hat mir da rausgeholfen. Ohne ihn wäre ich heute bestimmt nicht hier. Ich will ihm einfach etwas zurückgeben, für das, was er für mich bei den Sitzungen getan hat.«

»Bei welchen Sitzungen?«

»Bei den AAs?«

Für mich hörte sich das wie eine Frage an, doch ich verstand gar nichts. Mit zusammengekniffenen Augenbrauen schüttelte ich den Kopf.

»Anonyme Alkoholiker«, ergänzte er.

Auf einen Schlag spürte ich, wie sich der kalte Schweiß aus meinen Schläfen presste. Ein beklemmendes Gefühl zog sich durch meine Brust. »Du bist so wie er?«, sagte ich, und es klang etwas zu abschätzig.

Er hob seinen Blick und lächelte verlegen. »Wie ist er denn?«

Bei dieser Frage hämmerte die Wut gegen meinen Magen. »Ein Alkoholiker, Säufer oder einfach nur ein Arschloch?«

»Oh ...«, entwich ihm mit aufgerissenen Augen. »Findest du das nicht ein bisschen hart?«

Ich holte einmal tief Luft und wollte gerade loslegen, als er mich unterbrach. »Lola, ich kenne dich nicht halb so gut, wie ich Ron kenne. Doch ich kann dir versichern, dass wir nicht alle Arschlöcher sind.« Die letzten zwei Worte flüsterte er. »Er hat uns alles erzählt, alles, was er noch wusste. Er ist kein schlechter Mensch. Er war in den letzten sechs Monaten jede Woche bei den Treffen, und er ... er will doch nur, dass du ihm verzeihst.«

Er bat mich also nur um diese eine Sache. Dieses

eine simple Wort, dass sich wie die Besteigung des Mount Everest anfühlte. Vergebung. Sollte ich das tun? Oder eher, war ich überhaupt im Stande dazu?

»Es tut mir leid, Ben, ich wollte dich nicht beleidigen. Ich bin nur so …«

»Wütend?«, unterbrach er mich.

»Ich weiß nicht.« Sachte streifte ich über meine Haare, während mein Blick an ihm vorbei ins Leere zielte. »Wohl eher enttäuscht. Ja. Ich bin traurig und enttäuscht.«

»Glaub mir, ich weiß, dass du das bist. Ich habe auch eine Familie, und ich habe sie ebenfalls verletzt. Also, nicht körperlich.« Er seufzte und sah mir wieder in die Augen. »Was ich sagen will, sie haben mir vergeben, und das hat mir mehr Kraft gegeben als jede Therapie.«

»Ich weiß nicht, ob ich das kann.«

Es bildeten sich zwei dezente Furchen zwischen seinen Brauen. »Ich verstehe dich, aber könntest du es nicht versuchen?«

Eine Weile dachte ich darüber nach, was das für mich zu bedeuten hatte. Eigentlich wollte ich es auf keinen Fall, und trotzdem hatte ich das Gefühl, ihm etwas zu schulden, und so erwiderte ich sein Lächeln, indem ich meine Mundwinkel nach oben drückte. »Ich … ja, ich versuch's.«

»Danke«, hauchte er erleichtert.

Gemächlich setzten wir uns wieder in Bewegung. Die Sonne drückte sich durch die ersten Knospen der Baumwipfel, während der am Wegrand wachsende Bärlauch seinen Duft verteilte, wie ein Sack voller Zwiebeln.

Ich umklammerte meine glühenden Wangen. »Weißt du eigentlich, was du da von mir verlangst?«

Er kam etwas näher und stupste mich mit der Schulter an. »Findest du nicht, dass jeder eine zweite Chance verdient hat?«

Ich hätte ihn zu gerne korrigiert, denn bei Ron würde es sich wohl eher um die zwanzigste als um die zweite Chance handeln. Nur hatte er bei den letzten neunzehn niemanden, der sich für ihn stark gemacht hätte.

Tatsächlich dauerte es nur zwei Tage, bis ich die telefonische Zusage für die Wohnung hatte. Ich konnte es kaum glauben, endlich würde ich wieder in meinen eigenen vier Wänden wohnen. Neben dem anderen Gefühlschaos war das mein absolutes Hochgefühl, denn ganz im Gegensatz zu Irina konnte ich es kaum erwarten auszuziehen.

Wir sprachen noch immer nur das Nötigste miteinander, wobei das wohl eher an mir lag. Einige Male hatte sie versucht ein Gespräch anzufangen, doch ich war noch nicht bereit dazu. Es war einfach noch zu früh, und so verbrachten wir die letzte gemeinsame Zeit nebeneinander her lebend, bis mein großer Umzugstag vor der Tür stand.

»Lolita?«, schrie Irina vom Wohnzimmer aus.

»Ja?«

»Die Jungs sind da.«

Ja. Ich hatte mein Versprechen gehalten. Gut, eine Bedingung hatte ich ausgehandelt, denn ich hatte Ben gesagt, dass ich Ron nur fragen würde, wenn er mich am Umzugstag nie mit ihm alleine lassen würde. In den Hörer lachend, gab er mir seine Zusage, und so hatte ich mich dazu durchgerungen, Ron anzurufen. Ich hatte gehofft, er würde absagen – bis zur letzten Sekunde. Doch das tat er nicht. Im Gegenteil, ich hatte das Gefühl, Freude in seiner Stimme gehört zu haben.

»Darf ich wirklich nicht helfen?« Irina stand mit bedrückter Miene im Türrahmen.

»Lass gut sein.«

»Ich bitte dich doch nicht um eine Niere, ich will doch nur helfen.«

»Irina, lass gut sein«, fauchte ich erneut.

Sie murmelte etwas Unverständliches und kickte leicht gegen den Türrahmen, bevor ich sie in Richtung Wohnzimmer schlurfen hörte. Es dauerte keine zwei Minuten bis ich ihre Stimme in ohrenbetäubender Lautstärke aus dem Wohnzimmer vernahm. Ihre Begrüßung klang so überschwänglich, dass man hätte glauben können, sie hätte gerade viel Geld gewonnen.

Als ich mich mit einer Kartonschachtel voller Bücher ins Wohnzimmer schleppte, stand Ron über Irina gebeugt im Eingangsbereich. Sie flüsterte ihm gerade etwas ins Ohr, woraufhin sich sein Ausdruck zu einem breiten Grinsen verzog. Für einen Augenblick sah ich den Mann mit den tiefen Lachfalten, bevor er sich vor meinem inneren Auge wieder in den Säufer verwandelte.

»Hey«, sagte ich in einem roboterähnlichen Ton.

Als sein Blick zu mir schnellte, wich er einen Schritt von Irina zurück. Seine Hände verschwanden in den Hosentaschen, als würde er mir die Distanz zu ihr demonstrieren wollen.

»Hallo, Lola.«

»Wo ist Ben?«, fragte ich so freundlich wie nur möglich.

»Er parkt gerade den Transporter, er wird gleich da sein.«

Ich nickte mit steifem Genick. »Alles klar.«

»Kann ich dir behilflich sein?« Er bewegte sich um Irina herum und kam mit offenen Armen auf mich zu. Als ich ihm den Karton wortlos in die Hand drückte, seufzte er leise auf. »Ganz schön schwer.«

»Es gibt noch mehr von denen, da drüben.« Ich zeigte auf die Wand vor der Küchentür. Bis auf mein Bett war alles bereit für den Abtransport. Auch wenn ich vor dem Einzug bei Irina nahezu alles entsorgt hatte, lagen da trotzdem wieder um die zwanzig volle Umzugskisten.

»Ich kann dir helfen, das Bett auseinanderzuschrauben.«

»Irina, zum letzten Mal, ich brauche deine Hilfe nicht.«

Auf einen Schlag entwich das Strahlen aus ihrem Gesicht. Ihre Stirn legte sich in tiefe Falten, dann stampfte sie in ihr Zimmer und knallte die Tür ins Schloss.

Ein wütendes Schnauben entwich meinem Mund, dann wechselte mein Blick zu Ron. Ich sah das leichte Entsetzen in seinem Gesicht, ignorierte es aber, indem ich eine Kiste packte und ins Treppenhaus flüchtete. Ben stand auf der Ladefläche des Transporters, als ich die erste Kiste auf die Ablage fallen ließ.

»Hallo Lola, und, bist du bereit?« Gebückt sah er zu mir rüber. Im Gegensatz zu mir schien er bester Laune zu sein.

»Morgen, Ben, und wie ich das bin.«

Er beäugte mich skeptisch. »Alles klar?«

Ich nickte brummend, dann wendete er sich wieder den Befestigungsseilen zu.

Als ich auf dem Rückweg die Treppe erreichte, passierte mich Ron mit zwei Plastikboxen. »Soll ich dir nachher helfen, das Bett auseinanderzuschrauben?«

Am liebsten hätte ich *Nein* gesagt, doch beim Gedanken an Irina rutschte mir ein automatisches »Ja« über die Lippen. Es waren gerade mal zehn Minuten vergangen, und ich fühlte mich schon wie bei einem Spießrutenlaufen. Auf der einen Seite wollte ich Irina aus dem Weg gehen, während auf der anderen Ron auf mich wartete. Die Frage war nur, wen ich gerade besser ertragen konnte, und so entschied ich mich, dass ich die Abneigung Ron gegenüber, nur dieses eine Mal, hintanstellen musste.

Dank meiner Vorarbeit dauerte es keine zwei Stunden, bis wir alles im Transporter verstaut hatten. Ben setzte sich hinters Steuer, Irina flüsterte mir noch ein bedrücktes »Lolita, bitte melde dich« entgegen, dann rauschten wir auch schon in Richtung Stadtkern.

Während Ben versuchte meinen neuen IKEA-Schrank zusammenzubauen, kümmerten Ron und ich uns um den Wiederaufbau meines Bettes. Als ich ihm bei der Arbeit kurze Blicke zuwarf, jagten mir unweigerlich Bilder der Vergangenheit durch den Kopf. Handwerklich begabt war er auch früher schon gewesen, und je länger wir in diesem Raum zusammen waren, desto stärker erinnerte ich mich an diese fast vergessene Zeit.

Er erwischte mich, wie ich ihm zusah, und blinzelte mich besorgt an. »Ich weiß, es geht mich nichts an, aber habt ihr Streit? Du und Irina.«

»Hm«, murmelte ich, und tat schnell so, als würde ich gerade die Ausrichtung des Bettgestelles hinterfragen. Ich fuhr mit dem Blick über den Lattenrost, als ich seine Blicke auf mir spürte.

»Habt ihr darüber geredet?«, fragte er nochmals in einem vorsichtigen Ton.

Mein Kopf schnellte automatisch wieder in seine Richtung. »Du hast recht, es geht dich nichts an«, zischte ich lauter, als ich eigentlich wollte.

Er hielt die Handflächen abwehrend hoch und murmelte etwas, was sich wie eine Entschuldigung anhörte, bevor er den Blick wieder auf den halb verschraubten Fuß meines Bettes richtete. Ich drehte mich mit dem Rücken zu ihm, ließ mich in den Schneidersitz fallen und sortierte die restlichen Schrauben nach Größen.

Ich hatte ihn ganz schön angeschnauzt, und ja, ich fühlte mich schlecht deswegen. Ich hatte ihn schon wieder verletzt, und das wusste ich auch ganz genau. Bisher reichte es, seinen Namen in meinem Gedächtnis aufzurufen, denn sobald ich das tat, verflog das schlechte Gewissen. Doch heute war er irgendwie anders. Heute hatte ich den alten Ron vor mir, den, den ich mal gemocht hatte. Das schwere Gefühl in meinem Magen sagte mir, dass es Zeit war, über meinen Schatten zu springen. Ich konnte nicht mehr so weitermachen.

»Ron.« Ich drehte mich, noch immer am Boden sitzend, in seine Richtung. »Es tut mir leid.«

Er legte den Schraubenzieher vor sich, während seine Augen mich überrascht musterten. »Ist schon gut.« Seine Stimme klang zerbrechlich, und doch sah ich die Erleichterung in seinen Augen.

»Wir hatten Streit. Sie hat etwas getan, was mich sehr verletzt hat, seitdem haben wir kaum ein Wort mehr gesprochen.«

Zu meinem Erstaunen stand er auf und setzte sich direkt vor mich auf den Boden. Seine Augen wirkten warm und ungewohnt sanft. »Wäre es nicht besser, wenn ihr darüber reden würdet?«

Ich wischte mit der Hand über meinen Mund, mein Blick schwenkte auf seine Jeans. »Ich denke nicht, dass ich das zurzeit kann.« Es dauerte einige Sekunden bis er mit ruhiger Stimme antwortete. »Ich weiß nicht, was sie getan hat, aber es hilft nichts, davor wegzulaufen.« Sein Kopf schüttelte sich beinahe unbemerkt. »Ich bin weggelaufen, immer und immer wieder.« Ich erkannte den Schmerz in seinen glasigen Augen, während er sich leise räusperte. »Und ich wäre beinahe dabei gestorben. Bitte glaube mir, du kannst die Dinge nicht ungeschehen machen, wenn du vor ihnen davonläufst.« Die Anstrengung, die richtigen Worte zu finden, spiegelte sich in jedem Winkel seines Gesichtes. Er rang mit den Emotionen, die sich in seinen Augen spiegelten, und während er das tat, hatte ich das erste Mal seit langem das Gefühl, ihn wiederzuerkennen. Nach einer Ewigkeit fühlte ich mich nun nicht mehr unwohl in seiner Gegenwart. Er war kein Fremder mehr, er war ein Freund. Einer, der mir das Gefühl gab, dass er mich verstand.

Er nahm einen tiefen Atemzug und stieß sich vom Boden ab. »Wir sollten weitermachen.« Mit einem leichten Nicken drehte er sich wieder dem Fuß meines Bettes zu.

»Ron?«, kam flüsternd über meine Lippen. Er drehte sich um und als er mir in die Augen sah, spürte ich, dass der richtige Moment gekommen war. »Ich verzeihe dir.«

15

Seitdem ich hier saß, hatte sich der Zeiger der Wanduhr einmal um dreihundertsechzig Grad gedreht,
und alles, was ich in dieser Zeit gemacht hatte, war,
in meinem Cappuccino rumzustochern und die Leute an den anderen Tischen zu beobachten. Tick-tack,
Tick-tack, die Zeit war gekommen. Heute würde es
soweit sein, und ich, ich konnte kaum einen klaren
Gedanken fassen. Seit einer Woche hatte ich mich
bei niemandem mehr gemeldet, vielmehr hockte
ich in meiner neuen Wohnung oder arbeitete gedankenverloren vor mich hin. Das einzige vertraute
Gesicht in dieser Woche hatte ich eine ganze Weile
durch den Türspion beobachtet. Irina hatte einen
ganz schön langen Atem, denn es dauerte einen
ganzen Schokoeisbecher, bis sie wieder im Treppenhaus verschwunden war. So war sie, meine beste
Freundin, stur und aufmüpfig, auch wenn ich noch
immer nicht mit ihr sprach.

Ich lehnte mich in den Sessel und schloss die
Augen. Nur für einen Augenblick.

Wie auch schon in den letzten sechs Tagen spielte mein Gehirn alle möglichen Szenarien durch,
dann überlegte ich, wie meine Reaktion auf die ein-
zelnen Szenen, die ich mir vorgestellt habe, sein

würde. Wie würde ich reagieren, wenn ...? Hatte ich mich für alle Fälle gewappnet?

Ein zermürbendes Gefühl kroch durch meinen Magen, und trotzdem versuchte ich, mich so gut wie möglich auf meinen regelmäßigen Atem zu konzentrieren. Tiefe Züge halfen, meine Muskeln zu entspannen, dann roch ich den feinen Duft des Kaffees, den die Maschine leise summend in der Luft verbreitete. Ich spürte die Wärme der Sonne, wie sie sanft durchs offene Fenster auf meinen Arm schien. Noch immer waren meine Augen geschlossen. Ob mich die anderen Gäste schräg anschauten? Ich wusste es nicht und es war mir auch völlig gleichgültig. Ich fühlte nur noch mich, die Umgebung, lauschte den Tönen dieses Songs. Er spielte ganz leise, und doch übertönte er alle Stimmen im Raum. Es gab nur noch mich und diese Melodie, die ich so gut kannte. Es war unser Lied, und das löste eine Wärme in mir aus, die sich wie eine kuschelige Decke über meinen Körper legte.

Liam, ich sah ihn vor mir, fühlte seine Nähe, er streckte die Hand aus, und als er mich berührte, riss ich die Augen auf.

Ich muss ihn anrufen, jetzt gleich!

Ich nahm mein Portemonnaie, schmiss ein paar Münzen auf den Tisch und stürmte aus dem Café.

Ron hatte recht, ich rannte weg. Vor allem und jedem. Vor Liam. Ich beschuldigte ihn als Feigling, dabei war ich der einzige Feigling hier. Wie konnte ich nur zulassen, dass meine Angst mich so hemmte?

Mein Herz raste, als ich die Promenade entlangrannte. Ich musste nach Hause, seine Nummer wählen, ihn anrufen. Seine Stimme, ich musste endlich seine Stimme hören.

Ich ließ meine Jacke auf den Boden fallen, stürmte ins Wohnzimmer und packte mein Handy vom Sofa. Schnaufend lief ich hin und her, so konnte ich nicht telefonieren. Ich musste mich zuerst beruhigen. Tief einatmend hockte ich mich in der Küche auf den nackten Boden, dann hielt ich das Handy hoch und wollte gerade seine Nummer wählen, als eine Nachricht einging.

Hallo Lola, ich bin zurück und würde dich gerne sehen.

L.M.

Mein Herz setzte für einen Schlag aus, stockend drückte ich die Luft aus meinen Lungen. Ich legte das Handy neben mich auf den Boden, starrte den Geschirrspüler an, presste die Augenlider aufeinander und sah noch einmal auf die aufblinkende Nachricht.

Liam Moore, das war unmöglich. Ich studierte die Nummer, sie war nicht in meinen Kontakten abgespeichert. Das konnte nicht sein, irgendjemand wollte mich veralbern. Ich tippte zurück:

Wer bist du? Hör auf, mich auf den Arm
zu nehmen.

Gebannt sah ich unentwegt auf den Bildschirm.
Als meine Augen anfingen zu brennen, zwang
ich mich zu blinzeln. Ich wusste, ich würde hier
sitzen und auf eine Antwort warten, auch wenn
das die ganze Nacht dauern würde. Doch so lange
dauerte es nicht, nein, es waren höchstens fünf
Minuten.

Du bist noch immer ganz schön frech.
Könnten wir uns morgen treffen, um
acht Uhr, bei der Bar am Fluss?

Liam Moore

Wie in Trance sah ich auf den Text, verschlang jedes Wort einzeln und fing wieder von vorne an zu
lesen. Dann legte ich das Handy erneut auf den
Boden und drückte mir meine Handfläche auf die
Lippen. Ein unkontrollierter Lacher entsprang meiner Kehle. Kaum zu glauben, ich meine, hatte er
meine Gedanken gelesen?

Er war also wirklich zurück? Er war zurück! Und
er wollte mich treffen, morgen Abend?

Ich packte mein Handy, tippte Irinas Nummer
und ließ einmal durchklingeln, bevor ich meinen Daumen blitzschnell auf den roten Hörer
drückte.

Ich konnte sie doch nicht anrufen, schließlich war das alles ihre Schuld. Außerdem war ich noch immer wütend. Oder?

Ich stützte mein Gesicht in die rechte Hand und tippte mir mit der Linken das Handy gegen die Stirn.

Denk nach, denk nach.

Es gab wenige Momente in meiner Vergangenheit, in denen ich so außer mir war, wie gerade jetzt. Doch immer, wenn eine solche Seltenheit eintraf, war Irina diejenige gewesen, die es als Erste erfuhr. Sie war immer da, und ja, ich vermisste sie.

Einen Moment hielt ich inne, dann sprang ich auf, packte meine Jacke, rannte die Treppe hinunter und schwang mich aufs Fahrrad.

Ihre Augen strahlten, als sie mich erblickte. »Lolita.«

»Kann ich reinkommen?«

»Aber natürlich.« Sie wedelte mit ihrer Hand an sich vorbei ins Innere der Wohnung. »Was ist denn passiert? Du siehst aus, als hättest du einen Geist gesehen.«

»Naja, irgendwie schon.«

Sie starrte mich mit aufgerissenen Augen an, während ich mich auf die Coach plumpsen ließ. »Liam.« Ich legte meine Handflächen aufeinander und hielt sie mir, als würde ich beten, vor den Mund. »Er hat mir geschrieben. Irina, er ist zurück und er will mich morgen treffen.«

Sie biss sich auf die Unterlippe und starrte vor mir auf den Boden. »Ich weiß.«

»Was? Was weißt du?«

»Ich habe ihn angerufen.« Sie hob ihren Kopf und sah mir direkt in die Augen, ihre Stimme klang ungewohnt unsicher. »Ich habe mit ihm gesprochen und ihm alles erklärt. Er weiß, dass ich es war, die alles verbockt hat und dass du nichts davon wusstest, und es, es tut mir alles so unglaublich leid.«

Als ich sah, wie sie mit den Tränen kämpfte, wirkte sie auf einmal so zerbrechlich. So, als würde sie gerade eine schmerzliche Welle aus Reue überrollen. Der Anblick ihrer wässrigen Augen schnürte meine Brust zusammen. Ich hatte in den letzten Wochen oft gesehen, wie sie weinte. Manchmal hatte ich sogar ihr Schluchzen durch die Zimmertür gehört, doch so verletzlich, wie sie jetzt gerade vor mir stand, hatte ich sie noch nie gesehen. Ich wollte sie in den Arm nehmen, sie trösten und ihr sagen, wie sehr ich sie mochte, doch stattdessen füllten sich meine Augen ebenfalls mit Tränen. Zuerst musterte sie mich nur, dann bückte sie sich vorsichtig und schlang ihre Arme um mich. Auch wenn ich noch immer wütend sein wollte, schob die Wärme, die sie mir in diesem innigen Moment entgegenbrachte, all die negativen Gedanken der letzten Wochen auf die Ersatzbank. Das unangenehm schwere Gefühl ließ mich spüren, wie sehr ich sie brauchte. Als sie dann auch noch an meiner Schulter schluchzte, konnte auch ich die Tränen nicht mehr zurückhalten. Sachte legte ich meine Arme um ihre Schultern und drückte sie an mich. Minuten vergingen in denen wir einfach dasaßen, Arm in Arm, und jede einzelne Träne spülte einen Teil der Wut und Enttäuschung fort.

»Es tut mir so leid. Ich habe dich so lieb«, wisperte sie immer wieder in mein Ohr.

»Denk nicht, dass ich nicht mehr wütend bin«, flüsterte ich genauso sanft.

»Tue ich nicht.«

Ich ließ Sekunden verstreichen, bevor ich weitersprach. »Ich habe dich auch lieb, du Irre.«

Auf der Haut an meinem Hals spürte ich, wie sich ihre Mundwinkel zu einem Lächeln verzogen. Sie legte ihre Hände auf meine Schultern und drückte leicht, bis ich zurückwich. »Willst du nicht wissen, was er gesagt hat?«

In einem tiefen Seufzer versuchte ich das aufkommende Kribbeln zu besänftigen. »Doch, natürlich will ich das.«

Ihre geröteten Augen fingen an zu strahlen. »Ich werde dir alles erzählen, aber ich mache uns zuerst einen Tee.« Sie zwinkerte mir zu, sprang auf und wollte sich gerade wegdrehen.

»Einen Tee?«, plärrte ich.

Sie klatschte in die Hände und hüpfte lachend auf der Stelle. »War doch nur ein Scherz, oh, Lolita, du solltest dein Gesicht sehen.«

»Hör auf mit dem Unsinn.« Eigentlich wollte ich ja ernst klingen, doch die Geschwindigkeit ihres gute Laune-Schalters amüsierte mich zu sehr, als dass mir das gelingen konnte. Kaum hatten wir das Kriegsbeil begraben, konnte sie auch schon wieder so tun, als wäre nie etwas gewesen.

»Ja, doch, Entschuldigung.«

Grinsend zog ich eine Augenbraue hoch. »Ich hoffe, er war so richtig wütend auf dich.«

Sie legte ihre Finger ans Kinn, so als würde sie über meine Anspielung nachdenken. »Danke, aber nein. Ganz im Gegenteil, er ist ein richtig guter Zuhörer. Ich habe ihm meine Gründe erklärt, dann meinte er, ich sei eine gute Freundin.«

Ich ließ mich in die Sofalehne fallen und schlug die Hände vors Gesicht. »Na toll, und weiter?«

»Er hat gefragt, wie es dir geht, und dann hat er gemeint, dass er dich sehen muss.«

Ich zog die Hände meinen Wangen entlang. »Wirklich?«

Sie fuchtelte nervös mit den Armen durch die Luft, bevor sie sich erneut zu mir bückte und mich an den Handgelenken packte. »Lolita, er ist zurückgekommen, weil er dich sehen will. Du machst dir doch nicht etwa Sorgen deswegen?«

»Vielleicht. Ein bisschen.«

»Jetzt hör aber auf! Dieser Mann kommt tausende von Kilometern nach Hause, für dich ... Für dich, hörst du?« Sie zerrte unsanft an meinen Händen, bis ich aufstand. So, als wäre ich eine Puppe, streckte sie meine Hände in die Luft. »So, und jetzt freuen wir uns gemeinsam, ja?«

Wie aus dem Nichts prustete ich los. »Du bist unglaublich, weißt du das?«

»Ja, so bin ich eben.« Das Strahlen ihrer Augen steckte mich an, und gerade als ich dachte, ich könnte mich zusammenreißen, grölten wir gleichzeitig los. Wir lachten minutenlang, und irgendwann wussten wir noch nicht mal mehr warum. Doch das war mir alles völlig egal, denn das Einzige was zählte, war, es mit ihr zu tun.

Ich strich mit den Fingern durch mein Haar und zupfte noch mal die Ärmel meines zart geblümten Frühlingskleides zurecht. Mein Herz raste so sehr, dass ich durch den Mund atmen musste. Irina hatte auf mich eingeredet, mir wer weiß wievielmal gesagt, ich solle mir keine Sorgen machen. Doch jetzt, als ich hier stand und mich an diesem Geländer festhielt, verwandelten sich meine Beine trotz allem in zwei unsichere Stelzen.

Seit dem letzten Sommer war ich nicht mehr hier gewesen, und es fühlte sich so an, als ob das Jahre zurück liegen würde.

Die Luft blies angenehm in meinen Nacken. Durch die milden Frühlingstemperaturen trugen die Bäume ihre ersten Knospen, und es roch in wellenartigen Abständen nach Flieder.

Während ich die Promenade entlanglief, glitt meine rechte Hand sanft übers Geländer. Ich sah aufs Wasser, atmete tief und versuchte mich zu beruhigen. Schon von weitem sah ich auf die Terrasse, musterte jedes Gesicht, doch ich konnte ihn nicht entdecken.

Mit einem Glas Chardonnay setzte ich mich so hin, dass ich sowohl aufs Wasser, als auch auf den Weg sehen konnte. Minuten vergingen, in denen ich meine Beine mal rechts und dann wieder links übereinanderschlug. Meine Hände fingerten automatisch in meinen Haaren herum, und um einem Stocken vorzubeugen, räusperte ich mich gefühlte zehn Mal, auch wenn sich mein Hals völlig ausgetrocknet anfühlte. Für einen kurzen Moment schweifte mein Blick auf die zwei Enten, die sich mit der Strömung treiben ließen. Das Schnattern der beiden hörte sich wie ein heftiges Streiten an.

Als ich mich wieder meinem Wein zuwendete, schossen tausende Schmetterlinge in meinen Bauch. Zuerst sah ich ihn nur im Augenwinkel, dann bewegte sich mein Blick seinem Körper entlang nach oben. Er hatte seine Hände in den Taschen einer dunkelblauen Chino verstaut, und die hochgekrempelten Ärmel des weißen Hemdes zeigten eine karierte Innenseite. Sein Teint wirkte dunkler, wobei ich mir nicht sicher war, ob das am Licht lag. Er stand einfach da und sah mich an, während sich eine kribbelnde Welle den Weg durch meinen Bauch bahnte. Dass ich ihn genauso angestarrt haben musste wie er mich, merkte ich erst, als ein

Lächeln sein Gesicht überzog. Mit schnellen Schritten kam er auf mich zu, bevor er mit einem breiten Grinsen knapp vor mir stehen blieb. »Hey.« Seine Stimme klang so sanft, so unbekannt und doch gleichzeitig so vertraut.

Ich schluckte einmal trocken. »Hey.«

»Darf ich?«

Als ich seine leicht geöffneten Arme sah, nickte ich vorsichtig. Er nahm mich in den Arm und drückte mir einen Kuss auf die Wange. Als mir der holzige Duft seines Parfums in die Nase stieg, schoss dieses bekannte Verlangen nach mehr durch meine Brust. Am liebsten hätte ich ihn festgehalten, als er sich behutsam zurückzog.

»Wartest du schon lange?« Er setzte sich mir gegenüber auf den Stuhl und legte seine Finger ineinander verkeilt auf den Tisch. Seine leicht nach vorn gebeugte, offensive Körperhaltung machte mich noch nervöser, als ich schon war.

»Nein, ich bin auch gerade erst gekommen.«

»Hattest du Durst?« Er löste einen seiner Finger, und zeigte auf mein leeres Weinglas. Als ich spürte, wie sich die Hitze in meinem Gesicht staute, verzogen sich seine Mundwinkel zu dem typischen Liam-Schalk-Gesicht.

»Ja, ich denke schon«, stotterte ich verlegen.

»Du siehst gut aus.«

Ich räusperte mich erneut, um nicht noch noch mal zu stocken. »Danke, du siehst auch gut aus.«

»Wie geht es dir?«, fragte er sanft.

»Ganz gut, und dir?«

»Ganz gut«, sprach er mir nach.

Ich sah keinerlei Nervosität in seinen Augen, aber ich glaube, er erkannte meine. Er lehnte sich etwas zurück und nahm die Hände vom Tisch. »Laufen wir ein Stück?«

»Ja, gerne.« Es war das erste Mal, dass ich ein Lächeln über die Lippen brachte. Ein bisschen Bewegung würde mir sicherlich guttun und mich hoffentlich etwas auflockern.

Als wir nebeneinanderher spazierten, spürte ich, dass er wartete. Er gab mir die Zeit, mich zu fangen, und ich war ihm so dankbar dafür.

»Irgendwie seltsam.« Die Worte waren draußen, bevor ich merkte, dass ich sie gerade laut ausgesprochen hatte.

»Was meinst du?«

»Entschuldige, ich weiß einfach nicht, was ich sagen soll.«

»Schon gut«, entgegnete er und überlegte. »Ich möchte etwas versuchen, okay?«

Ich sah skeptisch zu ihm rüber, dann blieb er stehen und streckte mir seine Hand entgegen. »Hallo, ich bin Liam, Liam Moore.«

Etwas zurückhaltend schüttelte ich sie. »Lorena«, sagte ich im Flüsterton, »doch meine Freunde nennen mich Lola.«

»Dann bin ich jetzt dein Freund?«

Ich konnte den verlegenen Lacher nicht zurückhalten. »Ich denke schon.«

»Gut.« Er fuhr sich mit der rechten Hand über die Wange, während sein Blick mich festhielt. »Denn ich möchte dich gerne besser kennenlernen, Lola.«

»Das will ich auch, Liam Moore.«

Er zeigte auf den Weg, dann setzten wir uns wieder in Bewegung. »Also, Lola, wie gesagt, mein Name ist Liam Moore. Ich bin sechsundzwanzig Jahre alt, Single, und ich wohne in Zürich. Bis vor drei Monaten war ich der stellvertretende Geschäftsführer im Familienunternehmen meines Vaters. Seit einem Monat bin ich Besitzer einer Oldtimer Garage, was die Beziehung, vor allem zu meiner Mutter, naja, sagen wir, nochmals etwas verhärtet hat.«

Ich spürte, dass ihn die Bedeutung seiner Worte beschäftigten, und trotzdem hatte ich das Gefühl, dass er sie mit Bedacht wählte.

Wir verharrten, dann drehte er sich zu mir, um sanft nach meiner Hand zu greifen. »Letzten Sommer habe ich dann diese Frau kennengelernt.«

Ich biss mir grinsend auf die Unterlippe, als ich merkte, dass er von mir sprach.

»Ich wusste von Anfang an, dass es nicht mehr sein würde als ein Flirt, denn mein Leben hatte keinen Platz für jemand Neues. Doch dann musste ich ständig an sie denken, denn irgendwie hat sie es geschafft, mich zu inspirieren.«

Ich verlor mich in seinen tiefgrünen Augen. Sein Ausdruck glänzte auf einmal voller Nachdruck. »Ohne dich gäbe es mein neues Leben nicht, Lola. Ohne dich gäbe es keine Oldtimer Garage. Das bedeutet mir wirklich viel.« Er streifte mit dem Daumen über meinen Handrücken. »Danke.«

Seine Pupillen wechselten zwischen meinen Augen hin und her, als ich ihm mit einem eindringlichen Blick zunickte.

Überwältigt suchte ich nach Worten, die ich gar nicht brauchte, denn als ich ihn ansah, wusste ich, dass den Dank auszusprechen, alles war, was er wollte.

Mit verflochtenen Fingern liefen wir weiter die Promenade entlang. Es dauerte einige Minuten, in denen ich bewusst wahrnahm, dass er sich Gedanken machte, bevor er wieder anfing zu sprechen. »Die letzten Monate waren sehr schwierig. Ich habe meinen Eltern von meinen Trennungsplänen erzählt, als sie mir im gleichen Atemzug sagten, dass auch sie sich trennen würden.«

Ich drückte leicht seine Hand, um ihm mein Verständnis entgegenzubringen.

»Von meinem Bruder erfuhr ich etwas später, dass mein Wagen wieder bei uns zu Hause stand. Du hast ihn zurückgestellt, und, ja, von da an wusste ich, dass es definitiv vorbei war.«

In einem Seitenblick erhaschte ich, wie sehr ihn die letzten Monate wirklich mitgenommen haben mussten. Er war ein Meister der guten Miene, und trotzdem sah ich es an den kleinen Fältchen um seine Augen.

Ich stoppte und zog leicht an seiner Hand, damit er es mir gleichtat. »Das mit deinen Eltern tut mir sehr leid. Und das mit uns«, wisperte ich, »ich habe nichts von all dem gewusst, Irina hat …«

»Ich weiß«, unterbrach er mich ruhig.

»Ich muss einfach wissen, wo wir stehen«, erklärte ich entschlossen. Eine aufkommende Stärke überkam mich. So offen, wie er war, wollte ich auch sein. Was passiert war, konnten wir nicht mehr ändern, doch wir hatten jetzt die Chance, die Karten auf den Tisch zu legen oder sie gar neu zu mischen. Wir konnten etwas verändern. Neu anfangen.

Er kam einen Schritt näher, »Ich weiß nicht, wo wir stehen. Aber ich würde es gerne herausfinden. Was denkst du?«

»Ja, das will ich auch«, murmelte ich, bevor er mich umfing, um mich fest an sich zu drücken.

Epilog

Sechs Monate später

Ich verharrte schon seit einer Weile im Eingangsbereich der Garage, und ließ den Blick immer wieder über den amerikanisch eingerichteten Innenraum schweifen.

Über den fünf Mustang Oldtimern, die Liam zurzeit in Restauration hatte, baumelte die amerikanische Flagge. An den Wänden hingen einige Blechschilder mit meist englischem Text, und das schwarz-weiße Karomuster des Bodens ließ den Raum nostalgisch wirken. Rechts von meinem Kopf klebte ein Poster, das neben der restlichen Einrichtung nicht besonders auffiel. Aber die Tatsache, dass ich wusste, dass das Fahrzeug darauf ein Ford Mustang Shelby war, machte mich ganz schön stolz.

Diese Räume waren Liams zweites Zuhause. Er verbrachte Stunden damit, sich mit den Eigenheiten irgendwelcher Modelle herumzuschlagen – und er liebte es. Das war sein neues Leben. Unser neues Leben, denn, auch wenn ich den Fahrzeugen bisher nur hinsichtlich der Optik etwas abgewinnen konnte, half ich ihm, wo ich konnte. Dafür hatte ich sogar vor drei Monaten mit einem Buchhaltungskurs angefangen. Nicht, dass Liam das nicht selbst gekonnt hätte, nur hatte ich noch nie jemanden gesehen, bei dem das Licht der Begeisterung so schnell erlosch, wenn es um Kalkulationen ging. Und das, ganz im Gegensatz zu mir, denn je mehr ich mich reinhängte, desto mehr Spaß fand ich daran. Wir ergänzten uns immer besser, und das war genau das, was wir gebraucht hatten.

»Moin Lola«, rief Armin, als er an mir vorbeihetzte. Den Mechaniker mit dem Bierbauch joggen zu sehen, sah schon ziemlich amüsant aus, wenn ich nicht das seltsame Gefühl verspürt hätte, dass das kein gutes Zeichen war. Irritiert sah ich zu, wie er im Werkstattbereich verschwand. Kurz darauf hallten warnende Rufe aus dem Nebenraum, bevor Armins lachende Stimme von den Wänden hallte. Besorgt eilte ich zur Tür, wo ich mir vom Anblick der mir bietenden Sauerei, den Mund zuhalten musste.

»Hallo Schatz«, murmelte Liam, der von oben bis unten mit Öl verschmiert, unter einem aufgebockten Fahrzeug stand.

»Was hast du gemacht?«, rief ich entsetzt.

Armin klatschte sich noch immer grölend auf den Oberschenkel. »Der Chef wieder. Kann man keine Sekunde alleine lassen.«

Liam hob beruhigend seine Hände. »Keine Sorge, ich kriege das wieder hin.«

»Keine Sorge?«, wiederholte ich entgeistert. Ich

biss mir auf die Innenseite meiner Wange und zeigte auf die Wanduhr über meinem Kopf. »Liam, du weißt, dass wir in einer Stunde bei deinem Vater zum Abendessen eingeladen sind?«

Leise fluchend hielt er sich die ölverschmierte Hand auf die Stirn, wo sie einen bleibenden Abdruck hinterließ. Mit den Augen rollend verabschiedete ich mich wieder in den Ausstellungsraum, wo ich mich auf einen der roten Barhocker in den Kassenbereich setzte. Während ich mich auf der hölzernen Ablage abstützte, beobachtete ich die aneinandergereihten Cola-Dosen im Getränkeautomaten dahinter.

Eigentlich war dieser barähnliche Bereich für unsere Stammkunden gedacht, aber ab und an ließen auch wir mal unseren Abend mit einer Flasche Wein hier ausklingen.

Als ich das Handy aus der Hosentasche fischte, leuchteten zwei Nachrichten auf. Eine war von Irina und eine von Ron. Schon wieder. Erst gestern hatte mir Irina geschrieben, dass Ron anstatt Zucker Salz in ihre Kuchenmischung gegeben hatte, was bei ihr zu einer kleinen Panikattacke führte. Nur zwei Minuten später erhielt ich eine Nachricht von Ron, dass Irina ihre Abfülldosen nicht richtig beschriftet hätte, aber dass das Desaster nun unter Kontrolle sei. Ja, die beiden verbrachten viel Zeit miteinander, und trotzdem behaupteten sie noch immer, nur Freunde zu sein. Auch wenn ich es ihnen nur schwer glauben konnte,

beruhigte es mich – auch wenn ich es nie zugegeben hätte. Die Angst, dass Ron rückfällig werden
würde, konnte ich bislang noch nicht vollständig
ablegen, und trotzdem freute ich mich, dass er es
nicht war.

Mit dem Luftzug der Resignation öffnete ich Irinas Nachricht:

> Lolita, du weißt, dass Rons Geburtstags-
> party unter dem Motto Pulp Fiction ge-
> feiert wird. Ich erwarte, dass du dich
> dementsprechend kleidest – ansonsten
> werde ich dich höchstpersönlich umsty-
> len –, auf der Damentoilette, versteht
> sich. Und übrigens, das gilt auch für
> Liam. (Ich habe auch keine Scheu auf
> die Herrentoilette zu gehen.)
>
> Irina

Ich pustete einen Atemzug durch meine geschlossenen Lippen aus, als ich Rons Nachricht öffnete:

> Lola, was auch immer Irina dir gerade
> geschrieben hat, du brauchst dich nicht
> zu verbiegen, kommt einfach, wie ihr
> euch wohlfühlt.
>
> Ron

Ein Seufzer entfuhr mir, als sich Liams warme Arme von hinten um meinen Bauch schlingen.

»So schlimm war's doch nicht. Ich bin schon wieder frisch«, hauchte er mir ins Ohr. Als ich seine Lippen an meiner Halsbeuge spürte, schoss ein angenehmer Blitz durch meinen Bauch. Ich griff über meine Schulter und vergrub meine Hand in seinen Haaren. Für eine Weile schloss ich die Augen, genoss seine Nähe und hoffte, dass es nie aufhören würde.

»Ich dachte, wir müssen gehen?«

»Müssen wir auch«, sagte ich in dem gleichen erregten Flüsterton wie er. Langsam drehte er den Stuhl samt mir, bis wir einander in die Augen sehen konnten. Er beugte sich vor, um mich zu küssen. »Ich hätte da aber bessere Ideen.« Sein Atem kitzelte meine Lippen.

»Er hat dir so viel geholfen, Liam. Wir werden ihm jetzt diesen Gefallen tun und mit ihm zu Abend essen, ja? Hat deine Mutter eigentlich zugesagt?«

Er stützte sich leicht an meinen Oberschenkeln ab, um den Kopf an meinem Schlüsselbein zu vergraben. »Ich habe gestern mit ihr telefoniert«, murmelte er an meinem Hals. »Sie hat gesagt, dass sie mich erst wiedersehen will, wenn ich wieder bei vollem Verstand bin.«

Ich legte meine Hände auf seinen Rücken und drückte ihn an mich. »Sie kriegt sich bestimmt wieder ein, lass ihr noch ein bisschen Zeit.«

Ich spürte, wie er leicht den Kopf schüttelte.

Auch wenn dieser Anblick in den letzten Monaten äußerst selten vorkam, wusste ich, dass es ihn
beschäftigte. Er vermisste seine Mutter, und das zu
verbergen, war nicht mal er im Stande.

Er zog sich so weit zurück, dass sich unsere Nasenspitzen berührten. Mit dem Finger der rechten
Hand streifte er über meine Wange. »Danke, dass
du da bist.«

Es war einer dieser Momente. Einer, in denen wir
ohne weitere Worte wussten, dass unser Gefühl der
Liebe selten und unergründlich war. Sie kannte weder Grenzen noch Schichten. Sie war geduldig und
hatte Monate der absoluten Funkstille überstanden.
Diese Liebe war das Einzige, was wir je hatten, und
auch gleichzeitig das Einzige, das wir brauchten,
um da zu sein, wo wir heute waren.

– Ende –

Danke

Mein größter Dank gilt dir – lieber Leser, liebe Leserin. Danke das du meinem Debütroman eine Chance gegeben hast. Ich hoffe, dass dir die Geschichte von Lola und Liam gefallen hat und ich dich auch mit meinem nächsten Buch begeistern darf.

Auch bedanken möchte ich mich bei meinem Freund Marc, der mir jeden Tag aufs Neue zeigt, was wahre Liebe bedeutet.

Danke an die Klasse 17-20, ohne die das Lernen nur halb so lustig wäre. Eure Unterstützung ist Gold wert!

Und zu guter Letzt: Danke an alle lieben Menschen, die mir bei meinen Buchprojekten mit Rat und Tat zur Seite stehen – ihr seid großartig.

Lightning Source UK Ltd.
Milton Keynes UK
UKHW010634080621
385138UK00002B/342

9 783746 049892